家住书坊边

林海音 著

张昌华 编

图书在版编目（CIP）数据

家住书坊边 / 林海音著. — 南京：江苏凤凰文艺出版社，2015.9
ISBN 978-7-5399-6603-8

Ⅰ.①家… Ⅱ.①林… Ⅲ.①散文集－中国－当代 Ⅳ.①I267

中国版本图书馆 CIP 数据核字(2013)第 227738 号

书　　名	家住书坊边
著　　者	林海音
责 任 编 辑	蔡晓妮
出 版 发 行	凤凰出版传媒股份有限公司
	江苏凤凰文艺出版社
出版社地址	南京市中央路 165 号，邮编：210009
出版社网址	http://www.jswenyi.com
经　　销	凤凰出版传媒股份有限公司
印　　刷	江苏凤凰盐城印刷有限公司
开　　本	880×1230 毫米　1/32
印　　张	8
字　　数	200 千字
版　　次	2015 年 9 月第 1 版　2016 年 3 月第 2 次印刷
标 准 书 号	ISBN　978-7-5399-6603-8
定　　价	39.00 元

（江苏文艺版图书凡印刷、装订错误可随时向承印厂调换）

目录

北平忆往

- 003　北平漫笔
- 024　老北京的生活
- 028　虎坊桥
- 034　天桥上当记
- 042　旧京风俗百图
- 048　难忘的两座桥
- 051　城墙·天桥·四合院儿

城南旧事

- 061　苦念北平
- 065　想念北平市井风貌
- 072　我的童玩
- 079　在胡同里长大
- 084　家住书坊边
- 095　骑毛驴儿逛白云观

099	英子的乡恋
108	访母校·忆儿时
114	我的京味儿回忆录
131	我的京味儿之旅
156	冬阳·童年·骆驼队

生命的风铃

161	旧时三女子
171	闲庭寂寂景萧条
183	婆婆的晨妆
187	我父亲在新埔那段儿
193	黄昏对话
199	平凡之家
202	教子无方
205	三只丑小鸭
208	鸭的喜剧

213	女子弄文诚可喜
216	立
218	漫谈"吃饭"
222	狗
224	说猴
227	看象
236	灯
238	书桌
244	**编后记**

北平忆往

北平漫笔
老北京的生活
虎坊桥
天桥上当记
旧京风俗百图
难忘的两座桥
城墙·天桥·四合院儿

北平漫笔

秋的气味

秋天来了,很自然地想起那条街——西单牌楼。

无论从哪个方向来,到了西单牌楼,秋天,黄昏,先闻见的是街上的气味。炒栗子的香味弥漫在繁盛的行人群中,赶快朝向那熟悉的地方看去,和兰号的伙计正在门前炒栗子。和兰号是卖西点的,炒栗子也并不出名,但是因为它在街的转角上,首当其冲,就不由得就近去买。

来一斤吧!热栗子刚炒出来,要等一等,倒在箩中筛去裹糖汁的沙子。在等待称包的时候,另有一种清香的味儿从身边飘过,原来眼前街角摆的几个水果摊子上,啊!枣、葡萄、海棠、柿子、梨、石榴……全都上市了。香味多半是梨和葡萄散发出来的。沙营的葡萄,黄而透明,一撅两截,水都不流,所以有"冰糖包"的外号。京白梨,细而嫩,一点儿渣儿都没有。"鸭儿广"柔软得赛豆腐。枣是最普通的水果,朗家园是最出名的产地,于是无枣不郎家园了。老虎眼,葫芦枣,酸枣,各有各的形状和味道。"喝了蜜的柿子"要等到冬季,秋天上市的是青皮的脆柿子,脆柿子要高桩儿的才更甜。海棠红着半个脸,石榴笑得露出一排粉红色的牙齿。这些都是秋之果。

抱着一包热栗子和一些水果,从西单向宣武门走去,想着回到家里在窗前的方桌上,就着暮色中的一点光亮,家人围坐着剥食这些好吃的东西的快乐,脚步不由得加快了。身后响起了当当的电车声,五路车快到宣武门的终点了。过了绒线胡同,空气中又传来了烤肉的香味,是安儿胡同口儿上,那间低矮窄狭的烤肉宛上人了。

门前挂着清真的记号,他们是北平许多著名的回教馆中的一个,秋天开始,北平就是回教馆子的天下了。矮而胖的老五,在案子上切牛羊肉,他的哥哥老大,在门口招呼座儿,他的两个身体健康眼睛明亮、充分表现出回教青年精神的儿子,在一旁帮着和学习着剔肉和切肉的技术。炙子上烟雾弥漫,使原来就不明的灯更暗了些,但是在这间低矮、烟雾的小屋里,却另有一股温暖而亲切的感觉,使人很想进去,站在炙子边举起那两根大筷子。

老五是公平的,所以给人格外亲切的感觉。它原来只是一间包子铺,供卖附近居民和路过的劳动者一些羊肉包子。渐渐的,烤肉出了名,但它并不因此改变对主顾的态度。比如说,他们只有两个炙子,总共也不过能围上一二十人,但是一到黄昏,一批批的客人来了,坐也没地方坐,一时也轮不上吃,老五会告诉客人,再等二十几位,或者三十几位,那么客人就会到西单牌楼去绕个弯儿,再回来就差不多了。没有登记簿,他们却是丝毫不差的记住了前来后到的次序。没有争先,不可能插队,一切听凭老大的安排,他并没有因为来客是坐汽车的或是拉洋车的,而有什么区别,这就是他的公平和亲切。

一边手里切肉一边嘴里算账,是老五的本事,也是艺术。一碗肉,一碟葱,一条黄瓜,他都一一唱着钱数加上去,没有虚报,价钱公道。在那里,房子虽然狭小,却吃得舒服。老五的笑容并不多,但他给你的是诚朴的感觉,在那儿不会有吃得惹气这种事发生。

秋天在北方的故都,足以代表季节变换的气味的,就是牛羊肉的膻和炒栗子的香了!

1961年10月30日

男人之禁地

很少——简直没有——看见有男人到那种店铺去买东西的。做的是妇女的生意,可是店里的伙计全是男人。

小孩的时候,随着母亲去的是前门外煤市街的那家,离六必居不远,冲天的招牌,写着大大的"花汉冲"的字样,名是香粉店,卖的除了妇女化妆品以外,还有全部女红所需用品。

母亲去了,无非是买这些东西:玻璃盖方盒的月中桂香粉,天蓝色瓶子广生行双妹嚜的雪花膏(我一直记着这个不明字义的"嚜"字,后来才知道它是译英文商标 Mark 的广东造字),猪胰子(通常是买给宋妈用的)。到了冬天,就会买几个瓯子油(以蛤蜊壳为容器的油膏),分给孩子们每人一个,有着玩具和化妆品两重意义。此外,母亲还要买一些女红用的东西:十字绣线,绒鞋面,钩针……这些东西男人怎么会去买呢？

母亲不会用两根竹针织毛线，但是她很会用钩针织。她织的最多的是毛线鞋，冬天给我们织墨盒套。绣十字布也是她的拿手，照着那复杂而美丽的十字花样本，数着细小的格子，一针针，一排排的绣下去。有一阵子，家里的枕头套，妈妈的钱袋，妹妹的围嘴儿，全是用十字布绣花的。

随母亲到香粉店的时期过去了，紧接着是自己也去了。女孩子总是离不开绣花线吧！小学三年级，就有缝纫课了。记得当时男生是在一间工作室里上手工课，耍的不是锯子就是锉子；女生是到后面图书室里上缝纫课，第一次用绣线学"拉锁"，红绣线把一块白布拉得抽抽皱皱的，后来我们学做婴儿的蒲包鞋，钉上亮片，滚上细绦子，这些都要到像花汉冲这类的店去买。

花汉冲在女学生的眼里，是嫌老派了些，我们是到绒线胡同的瑞玉兴去买。瑞玉兴是西南城出名的绒线店，三间门面的楼，它的东西摩登些。

我一直是女红的喜爱者，这也许和母亲有关系，她那些书本夹了各色丝线。端午节用丝线缠的粽子，毛线钩的各种鞋帽，使得我浸涵于精巧、色彩、种种缝纫之美里，所以养成了家事中偏爱女红甚于其他的习惯。

在瑞玉兴选择绣线是一种快乐。粗粗的日本绣线最惹人喜爱，不一定要用它，但喜欢买两支带回去。也喜欢选购一些花样儿，用誊写纸描在白府绸上，满心要绣一对枕头给自己用，但是五屉柜的抽屉里，总有半途而废的未完成的杰作。手工的制品，不是一朝一夕可以完成的，从一堆碎布，一卷纠缠不清的绣线里，也可以看出一个女孩子有没有恒心和耐性吧！我就是那种没有恒心和耐性的。每一件女红做出来，总是有缺点，比如毛衣的肩头织肥了，枕头的四角缝斜了，手套一大一小，十字布的格子数错了行，对不上花，抽纱的手绢只完成了三面等等。

但是瑞玉兴却是个难忘的店铺，想到为了配某种颜色的丝线，伙计耐心地从楼上搬来了许多小竹帘卷的丝线，以供挑选，虽然只花两角钱买一小支，他们也会把客人送到门口，那才是没处找的耐心哪！

1961 年 11 月 2 日

换取灯儿的

"换洋取灯儿啊！"

"换榧子儿呀！"

很多年来，就是个熟悉的叫唤声，它不一定是出自某一个人，叫唤声也各有不同，每天清晨在胡同里，可以看见一个穿着褴褛的老妇，背着一个筐子，举步蹒跚。冬天的情景，尤其记得清楚，她头上戴着一顶不合体的、哪儿捡来的毛线帽子，手上戴着露出手指头的手套，寒风吹得她流出了一些清鼻涕。生活看来是很艰苦的。

是的，她们原是不必工作就可以食廪粟的人，今天清室没有了，一切荣华优渥的日子都像梦一样永远永远地去了，留下来的是面对着现实的生活！

像换洋取灯的老妇，可以说还是勇于以自己的劳力换取生活的人,她不必费很大的力气和本钱,只要每天早晨背着一个空筐子以及一些火柴、榾子儿、刨花就够了,然后她沿着小胡同这样的叫唤着。

家里的废物:烂纸、破布条、旧鞋……一切可以扔到垃圾堆里的东西,都归宋妈收起来,所以从"换洋取灯儿的"换来的东西也都归宋妈。

一堆烂纸破布,就是宋妈和换洋取灯儿的老妇争执的焦点,甚至连一盒火柴、十颗榾子的生意都讲不成也说不定呢!

丹凤牌的火柴,红头儿,盒外贴着砂纸,一擦就迸出火星,一盒也就值一个铜子儿。榾子儿是像桂圆核儿一样的一种植物的实,砸碎它,泡在水里,浸出黏液,凝滞如胶。刨花是薄木片,作用和榾子儿一样,都是旧式妇女梳头时用的,等于今天妇女做发后的"喷胶水"。

这是一笔小而又小的生意,换人家里的最破最烂的小东西,来取得自己最低的生活,王孙没落,可以想见。

而归宋妈的那几颗榾子儿呢,她也当宝贝一样,家里的烂纸如果多了,她也就会攒了更多的洋火和榾子儿,洋火让人捎回乡下她的家里。榾子儿装在一只妹妹的洋袜子里(另一只一定是破得不能再缝了,换了榾子儿)。

宋妈是个干净利落的人,她每天早晨起来把头梳得又光又亮,抹上了泡好的刨花或榾子儿,胶住了,做一天事也不会散落下来。

火柴的名字,那古老的城里,很多很多年来,都是被称作"洋取灯儿",好像到了今天,我都没有改过口来。

（"换洋取灯儿的"老妇人，大概只有一个命运最好的，很小就听说，四大名旦尚小云的母亲是"换洋取灯儿的"。有一年，尚小云的母亲死了，出殡时沿途许多人围观，我们住在附近，得见这位老妇人的死后哀荣。在舞台上婀娜多姿的尚小云，丧服上是一个连片胡子的脸，街上的人都指点着说，那是一个怎样的孝子，并且说那死者是一个怎样出身的有福的老太太。）

在小说里，也读过惟有的一篇描写一个这样女人的恋爱故事，记得是许地山写的《春桃》，希望我没有记错。

1961年11月4日

看华表

不知为什么，每次经过天安门前的华表时，从来不肯放过它，总要看一看。如果正挤在电车（记得吧，三路和五路都打这里经过）里经过，也要从人缝里向车窗外追着看；坐着洋车经过，更要仰起头来，转着脖子，远看，近看，回头看，一直到看不见为止。

假使是在华表前的石板路上散步（多么平坦、宽大、洁净的石板！），到了华表前，一定会放慢了步子，流连鉴赏。从华表的下面向上望去，便体会到"一柱擎天"的伟观。啊！无云的碧空，衬着雕琢细致、比例匀称的白玉石的华表，正是自然美和人工美的伟大的结合。她的背后衬的是朱红色的天安门的墙，这一幅图，布局的美丽，颜色的鲜明，印在脑中，是不会消失的。

有趣的是，夏天的黄昏，华表下面的石座上，成为纳凉人的最理想的地方。石座光滑洁净，坐上去，想必是凉森森的十分舒服。

地方高敞，赏鉴过往漂亮的男女(许多是去游附近的中山公园)，像在体育场的贵宾席上一样。华表旁，有一排马樱花，它的甜香随着清风扑鼻而来，更是一种享受。

我爱看华表，和它的所在地也很有关系，因为天安门不但是北平(北京)的市中心，而且正是通往东西南城的要衢。往返东西城时，到了天安门就会感觉到离目的地不远了。往南去前门，正好从华表左面不远转向公安街去。庄严美丽的华表站在这里，正像是一座里程碑，它告诉你，无论到什么地方，都不远了。

说它是里程碑，也许不算错，古时的华表，原是木制的，它又名表木，是以表王者纳谏，亦以表识衢路，正是一个有意义的象征啊！

1961年11月5日

蓝布褂儿

竹布褂儿，黑裙子，北平的女学生。

一位在南方生长的画家，有一年初次到北平。住了几天之后，他说，在上海住了这许多年，画了这许多年，他不喜欢一切蓝颜色的布。但是这次到了北平，竟一下子改变了他的看法，蓝色的布是那么可爱，北平满街骑车的女学生，穿了各种蓝色的制服，是那么可爱！

刚一上中学时，最高兴的是换上了中学女生的制服，夏天的竹布褂，是月白色——极浅极浅的蓝，烫得平平整整；下面是一条短齐膝盖头的印度绸的黑裙子，长筒麻纱袜子，配上一双刷得一干二净的篮球鞋。用的不是手提的书包，而是把一叠书用一条捆书带捆起来。短头发,斜分,少的一边撩在耳朵后,多的一边让它半垂在鬓边,快盖住半只眼睛了。三五成群,或骑车或走路。哪条街上有个女子中学,那条街就显得活泼和快乐,那是女学生的青春气息烘托出来的。

北平女学生冬天穿长棉袍,外面要罩一件蓝布大褂,这回是深蓝色。谁穿新大褂每人要过来打三下,这是规矩。但是那洗得起了白茬儿的旧衣服也很好,因为它们是老伙伴,穿着也合身。记得要上体育课的日子吗?棉袍下面露出半截白色剐绒的长运动裤来,实在是很难看,但是因为人人这么穿,也就不觉得丑了。

阴丹士林布出世以后,女学生更是如狂地喜爱它。阴丹士林本是人造染料的一种名称,原有各种颜色,但是人们嘴里常常说的"阴丹士林色"多是指的青蓝色。它的颜色比其他布,更为鲜亮,穿一件阴丹士林大褂,令人觉得特别干净,平整。比深蓝浅些的"毛蓝"色,我最喜欢,夏秋或春夏之交,总是穿这个颜色的。

事实上,蓝布是淳朴的北方服装特色。在北平住的人,不分年龄、性别、职业、阶级,一年四季每人都有几件蓝布服装。爷爷穿着缎面的灰鼠皮袍,外面罩着蓝布大褂;妈妈的绸里绸面的丝棉袍外面,罩的是蓝布大褂;店铺柜台里的掌柜的,穿的布棉袍外面,罩的也是蓝布大褂,头上还扣着瓜皮小帽;教授穿的蓝布大褂的大襟上,多插了一支自来水笔,头上是藏青色法国小帽,学术气氛!

阴丹士林布做成的衣服,洗几次之后,缝线就变成很明显的白色了,那是因为阴丹士林布不褪色而线褪色的缘故。这可以证明衣料确是阴丹士林布,但却不知为什么一直没有阴丹士林线,忽然想起守着窗前方桌上缝衣服的大姑娘来了。一次订婚失败而终身未嫁的大姑娘,便以给人缝衣服,靠微薄的收入,养活自己和母亲。我们家姊妹多,到了秋深添制衣服的时候,妈妈总是买来大量的阴丹士林布,宋妈和妈妈两人做不来,总要叫我去把大姑娘找来。到了大姑娘家,大姑娘正守着窗儿缝衣服,她的老妈妈驼着背,咳嗽着,在屋里的小煤球炉上烙饼呢!

大姑娘到了我家里,总要呆一下午,妈妈和她商量裁剪,因为孩子们是一年年地长高了。然后她抱着一大包裁好了的衣服回去赶做。

那年离开北平经过上海,住在娴的家里等船。有一天上街买东西,我习惯地穿着蓝布大褂,但是她却教我换一件呢旗袍,因为穿了蓝布大褂上街买东西,会受店员歧视。在"只认衣裳不认人的"洋场,"自取其辱"是没人同情的啊!

1961 年 11 月 8 日

排队的小演员

听复兴剧校叶复润的戏,身旁有人告诉我,当年富连成科班里也找不出一个像叶复润这样小年纪,便有这样成就的小老生。听说叶复润只有十四足岁,但无论是唱工还是做派,都超越了一般"小孩戏剧家"的成绩。但是在那一群孩子里,他却特别显得瘦弱,娇小。固然唱老生的外形要"清癯"才有味道,但是对于一个正在发育期的小孩子,毕竟是不健康的。剧校当局是不是注意到每一个发育期的孩子的健康呢?

这使我不由得想起当年家住在虎坊桥大街上的情景。

虎坊桥大街是南城一条重要的大街，尤其在迁都南京前的北京，它更是通往许多繁荣地区的必经之路。幼年幸运地曾在这条街上住了几年，也是家里最热闹的时期。这条大街上有小学、会馆、理发馆、药铺、棺材铺、印书馆，还有一个造就了无数平剧人才的富连成科班。

富连成只在我家对面再往西几步的一个大门里。每天晚饭前后的时候，他们要到前门外的广和楼去唱戏。坐科的孩子按矮高排队，领头儿的是位最高的大师兄，他是个唱花脸的，头上剃着月亮门儿。夏天，他们都穿着月白竹布大褂儿，老肥老肥的，袖子大概要比手长出半尺多。天冷加上件黑马褂儿，仍然是老肥老肥的，袖子比手长出半尺多！

他们出了大门向东走几步，就该穿过马路，而正好就经过我家门前。看起来，一个个是呆板的、迟钝的、麻木的，谁又想到他们到了台上就能演出那样灵活、美丽、勇武的角色呢！

那时的富连成在广和楼演出，这是一家女性不能进去的戏院，而我那时跟着大人们听戏的区域是城南游艺园，或者开明戏院，第一舞台。很早就对于富连成有印象，实在是看他们每天由我家门前经过的关系。等到后来富连成风靡了北平的男女学生，我也不免想到，在那一队我幼年所见到的可怜的孩子群里，不就有李盛藻吗？刘盛莲吗？杨盛春吗？

富连成是以严厉出名的，但是等到以新式学校制度的戏曲学校出现以后，富连成虽仍以旧式教育出名，但是有些地方也不能不改进了。戏曲学校用大汽车接送学生到戏院以后,富连成的排队步行也就不复再见。否则的话,学生戏迷们岂不要每天跟着他们的队伍到戏院去?

而我们那时也搬离虎坊桥,城南游艺园成了屠宰场,我们听戏的区域也转移到哈尔飞、吉祥,以及长安和新新等戏院了。

1961年11月9日

陈谷子、烂芝麻

如姐来了电话,她笑说:"怎么,又写北平哪!陈谷子、烂芝麻全掏出来啦!连换洋取灯儿的都写呀!除了我,别人看吗?"

我漫写北平,是因为多么想念她,写一写我对那地方的情感,情感发泄在格子稿纸上,苦思的心情就会好些。它不是写要负责的考据或掌故,因此我敢"大胆的假设"。比如我说花汉冲在煤市街,就有细心的读者给了我"小心的求证",他画了一张地图,红蓝分明的指示给我说,花汉冲是在煤市街隔一条街的珠宝市,并且画了花汉冲的左邻谦祥益布店,右邻九华金店。如姐,谁说没有读者呢?不过读者并不是欣赏我的小文,而是借此也勾起他们的乡思罢了!

很巧的,我向一位老先生请教一些北平的事情时,他回信来说:"……早知道这些陈谷子、烂芝麻是有用的话,那咱们多带几本这一类的图书,该是多么好呢?"

原来我所写的,数来数去,全是陈谷子、烂芝麻呀!但是我是多么喜欢这些呢!

陈谷子、烂芝麻,是北平人说话的形容语汇,比如闲话家常,提起早年旧事,最后总不免要说:"唉!左不是陈谷子、烂芝麻!"言其陈旧和琐碎。

真正北平味道的谈话,加入一些现成的形容语汇,非常合适和俏皮,这是北平话除了发音正确以外的一个特点,我最喜欢听。想象那形容的巧妙,真是可爱,这种形容语汇,很多是用"歇后语"说出来,但是像"陈谷子、烂芝麻"便是直接的形容语,不用歇后语的。

做事故意拖延迟滞,北平人用"蹭棱子"来形容,蹭是磨擦,棱是物之棱角。比如妈妈嘱咐孩子去做一件事,孩子不愿意去,却不明说,只是拖延,妈妈看出来了,就可以责备说:"你倒是去不去?别在这儿尽跟我蹭棱子!"

或者做事痛快的某甲对某乙说:"要去咱们就痛痛快快儿的去,我可不喜欢蹭棱子!"

听一个说话没有条理的人述说一件事的时候,他反复地说来说去时,便想起这句北平话:

"车轱辘话——来回的说。"

轱辘是车轮。那车轮压来压去,地上显出重复的痕迹,一个人说话翻来覆去,不正是那个样子吗?但是它也运用在形容一个人在某甲和某乙间说一件事,口气反复不明。如:"您瞧,他跟您那么说,跟我可这么说!反正车轱辘话,来回说吧!"

负债很多的人,北平人喜欢这样形容:"我该了一屁股两肋的债呀!"

我每逢听到这样形容时,便想象那人债务缠身的痛苦和他焦急的样子。一屁股两肋,不知会说俏皮话儿的北平人是怎么琢磨出来的,而为什么这样形容时,就会使人想到债务之多呢?

1961 年 11 月 14 日

文津街

  常自夸说,在北平,我闭着眼都能走回家,其实,手边没有一张北平市区图,有些原来熟悉的街道和胡同,竟也连不起来了。只是走过那些街道所引起的情绪,却是不容易忘记的。就说,冬日雪后初晴,路过驾在北海和中海的金鳌玉𬃤桥吧,看雪盖满在桥两边的冰面上,一片白,闪着太阳的微微的金光,漪澜堂到五龙亭的冰面上,正有人穿着冰鞋滑过去,飘逸优美的姿态,年轻同伴的朝气和快乐,觉得虽在冬日,也因这幅雪漫冰面的风景,不由得引发起我活跃的心情,赶快回家去,取了冰鞋也来滑一会儿!

  在北平的市街里,很喜欢傍着旧紫禁城一带的地方,蔚蓝晴朗的天空下,看朱红的墙。因为唯有在这一带才看得见。家住在南长街的几年,出门时无论是要到东、西、南、北城去,都会看见这样朱红的墙。要到东北的方向去,洋车就会经过北长街转向东去,到了文津街了,故宫的后门,对着景山的前门,是一条皇宫的街,总是静静的,没有车马喧哗,引发起的是思古之幽情。

  景山俗称煤山,是在神武门外旧宫城的背面,很少人到这里来逛,人们都涌到附近的北海去了。就像在中山公园隔壁的太庙一样,黄昏时,人们都挤进中山公园乘凉,太庙冷清清的,只有几个不嫌寂寞的人,才到太庙的参天古松下品茗,或者静默地观看那几只灰鹤(人们都挤在中山公园里看孔雀开屏了)。

景山也实在没有什么可"逛"的,山有五峰,峰各有亭,站在中峰上,可以看故宫平面图,倒是有趣的,古建筑很整齐庄严,四个角楼,静静地站在暮霭中,皇帝没有了,他的卧室,他的书房,他的一切,凭块儿八毛的门票就可以一览无遗了。

做小学生的时候,高年级的旅行,可以远到西山八大处,低年级的就在城里转,景山是目标之一,很小很小的时候,就年年一次排队到景山去,站在刚上山坡的那棵不算高大的树下,听老师讲解:一个明朝末年的皇帝——思宗,他殉国死在这棵树上。怎么死的?上吊。啊!一个皇帝上吊了!小学生把这件事紧紧地记在心中。后来每逢过文津街,便兴起那思古的幽情,恐怕和幼小心灵中所刻印下来的那几次历史凭吊,很有关系吧!

1961 年 11 月 20 日

挤老米

读了朱介凡先生的《晒暖》,说到北方话的"晒老爷儿""挤老米",又使我回了一次冬日北方的童年。

冬天在北方,并不一定是冷得让人就想在屋里烤火炉。天晴,早上的太阳先晒到墙边,再普照大地,不由得就想离开火炉,还是去接受大自然所给予的温暖吧!

通常是墙角边摆着几个小板凳,坐着弟弟妹妹们,穿着外罩蓝布大褂的棉袍,打着皮包头的毛窝,宋妈在哄他们玩儿。她手里不闲着,不是搓麻绳纳鞋底(想起她那针锥子要扎进鞋底子以前,先在头发里划两下的姿态来了),就是缝骆驼鞍儿的鞋帮子。不知怎么,在北方,妇女有做不完的针线活儿,无分冬夏。

离开了北平,无论到什么地方,都莫辨东西,因为我习惯的是古老方正的北平城,她的方向正确,老爷儿(就是太阳)早上是正正地从每家的西墙照起,玻璃窗四边,还有一圈窗户格,糊的是东昌纸,太阳的光线和暖意都可以透进屋里来。在满窗朝日的方桌前,看着妈妈照镜子梳头,把刨花的胶液用小刷子抿到她的光洁的头发上。小几上的水仙花也被太阳照到了。它就要在年前年后开放的。长方形的水仙花盆里,水中透出雨花台的各色晶莹的彩石来。或者,喜欢摆弄植物的爸爸,他在冬日,用一只清洁的浅瓷盆,铺上一层棉花和水,撒上一些麦粒,每天在阳光照射下,看它渐渐发芽茁长,生出翠绿秀丽的青苗来,也是冬日屋中玩赏的乐趣。

孩子们的生活当然大部分是在学校。小学生很少烤火炉(中学女学生最爱烤火炉),下课休息十分钟都跑到教室外,操场上。男孩子便成群地涌到有太阳照着的墙边去挤老米,他们挤来挤去,嘴里大声喊着:

挤呀!挤呀!

挤老米呀!

挤出屎来喂喂你呀!

这样又粗又脏的话,女孩子是不肯随便乱喊的。

直到上课铃响了,大家才从墙边撤退,他们已经是浑身暖和,不但一点寒意没有了,摘下来毛线帽子,光头上也许还冒着白色的热气儿呢!

1961 年 12 月 8 日

卖冻儿

如果说北平样样我都喜欢，并不尽然。在这冬寒天气，不由得想起了很早便进入我的记忆中的一种人物，因为这种人物并非偶然见到的，而是很久以来就有的，便是北平的一些乞丐。

回忆应当是些美好的事情，乞丐未免令人扫兴，然而它毕竟是在我生活中所常见到的人物，也因为那些人物，曾给了我某些想法。

记得有一篇西洋小说，描写一个贫苦的小孩子，因为母亲害病不能工作，他便出来乞讨，当他向过路人讲出原委的时候，路人不信，他便带着人到他家里去看看，路人一见果然母病在床，便慷慨解囊了。小孩子的母亲从此便"弄真成假"，天天假病在床，叫小孩子到路上去带人回来"参观"。这是以小孩和病来骗取人类同情心的故事。这种事情什么时候，什么地方都可以发生的，像在台北街头，妇人教小孩缠住路人买奖券，便是类似的作风。这些使我想起北平一种名为"卖冻儿"的乞丐。

冬寒腊月，天气冷得泼水成冰，"卖冻儿"的（都是男乞丐）出世了，蓬着头发，一脸一身的滋泥儿，光着两条腿，在膝盖的地方，捆上一圈戏报子纸。身上也一样，光着脊梁，裹着一层戏报子纸，外面再披上一两块破麻包。然后，缩着脖子，哆里哆嗦的，牙打着战儿，逢人伸出手来乞讨。以寒冷无衣来博取人的同情与施舍。然而在记忆中，我从小便害怕看那样子，不但不能引起我的同情，反而是憎恶。这种乞丐便名为"卖冻儿"。

最讨厌的是宋妈，我如果爱美不肯多穿衣服，她便要讽刺我："你这是干吗？卖冻儿呀？还不穿衣服去！"

"卖冻儿"由于一种乞丐的类型，而成了一句北平通用的俏皮话儿了。

卖冻儿的身上裹的戏报子纸，都是从公共广告牌上揭下来的，各戏院子的戏报子，通常都是用白纸红绿墨写成的，每天贴上一张，过些日子，也相当厚了，揭下来，裹在腿上身上，据说也有保温作用。

至于拿着一把破布掸子在人身上乱掸一阵的乞妇，名"掸孙儿"；以砖击胸行乞的，名为"擂砖"，这等等类型乞丐，我记忆虽清晰，可也是属于陈谷子、烂芝麻，说多了未免令人扫兴，还是不去回忆他们吧！

1961年12月9日

台上、台下

礼拜六的下午，我常常被大人带到城南游艺园去。门票只要两毛（我是挤在大人的腋下进去的，不要票）。进去就可以有无数的玩处，唱京戏的大戏场，当然是最主要的，可是那里的文明戏，也一样的使我发生兴趣，小鸣钟，张笑影的"锯碗丁"、"春阿氏"，都是我喜爱看的戏。

文明戏场的对面，仿佛就是魔术场，看着穿燕尾服的变戏法儿的，随着音乐的旋律走着一颠一跳前进后退的特殊台步，一面从空空的大礼帽中掏出那么多的东西：花手绢，万国旗，面包，活兔子，金鱼缸,这时乐声大奏,掌声四起,在我小小心灵中,只感到无限的愉悦!觉得世界真可爱,无中生有的东西这么多!

我从小就是一个喜欢找新鲜刺激的孩子,喜欢在平凡的事物中给自己找一些思想的娱乐,所以,在那样大的一个城南游艺园里,不光是听听戏,社会众生相,也都可以在这天地里看到:美丽、享受、欺骗、势利、罪恶……但是在一个无忧无虑的小女孩的观感中,她又能体会到什么呢?

有些事物,在我的记忆中,是清晰得如在目前一样,在大戏场的木板屏风后面的角落里,茶房正从一大盆滚烫的开水里,拧起一大把毛巾,送到客座上来。当戏台上是不重要的过场时,茶房便要表演"扔手巾把儿"的绝技了,楼下的茶房,站在观众群中惹人注目的地位,把一大捆热手巾,忽下子,扔给楼上的茶房,或者是由后座扔到前座去,客人擦过脸收集了再扔下来,扔回去。这样扔来扔去,万无一失,也能博得满堂喝彩,观众中会冒出一嗓子:"好手巾把儿!"

但是观众与茶房之间的纠纷,恐怕每天每场都不可免,而且也真乱哄。当那位女茶房硬把果碟摆上来,而我们硬不要的时候,真是一场无味的争执。茶房看见客人带了小孩子,更不肯把果碟拿走了。可不是,我轻轻的,偷偷的,把一颗糖花生放进嘴吃,再来一颗,再来一颗,再来一颗,等到大人发现时,去了大半碟儿了,这时不买也得买了。

茶,在这种场合里也很要紧。要了一壶茶的大老爷,可神气了,总得发发威风,茶壶盖儿敲得呱呱山响,为的是茶房来迟了,大爷没热茶喝,回头怎么捧角儿喊好儿呢!包厢里的老爷们发起脾气来更有劲儿,他们把茶壶扔飞出去,茶房还得过来赔不是。那时的社会,卑贱与尊贵,是强烈的对比着。

在那样的环境里:台上锣鼓喧天,上场门和下场门都站满了不相干的人,饮茶的,检场的,打煤气灯的,换广告的,在演员中穿来穿去。台下则是烟雾弥漫,扔手巾把儿的,要茶钱的,卖玉兰花的,飞茶壶的,怪声叫好的,呼儿唤女的,乱成一片。我却在这乱哄哄的场面下,悠然自得。我觉得在我的周围,是这么热闹,这么自由自在。

1961年12月15日

一张地图

瑞君、亦穆夫妇老远地跑来了,一进门瑞君就快乐而兴奋地说:

"猜,给你带什么来了?"

一边说着,她打开了手提包。

我无从猜起,她已经把一叠纸拿出来了:

"喏!"她递给了我。

打开来,啊!一张崭新的北平全图!

"希望你看了图,能把文津街,景山前街连起来,把东西南北方向也弄清楚。"

"已经有细心的读者告诉我了,"我惭愧(但这个惭愧是快乐的)地说,"并且使我在回忆中去了一次北平图书馆和北海前面的团城。"

在灯下,我们几个头便挤在这张地图上,指着,说着。熟悉的地方,无边的回忆。

"喏,"瑞妹说,"曾在黄化门住很多年,北城的地理我才熟。"

于是她说起黄化门离帘子库很近,她每天上学坐洋车,都是坐停在帘子库的老尹的洋车。老尹当初是前清帘子库的总管,现在可在帘子库门口拉洋车。她们坐他的车,总喜欢问他哪一个门是当初的帘子库,皇宫里每年要用多少帘子?怎么个收藏法?他也得意地说给她们听,温习着他那些一去不回的老日子。

在北平,残留下来的这样的人物和故事,不知有多少。我也想起在我曾工作过的大学里的一个人物。校园后的花房里,住着一个"花儿把式"(新名词:园丁。说俗点儿:花儿匠),他镇日与花为伍,花是他的生命。据说他原是清皇室的一位公子哥儿,生平就爱养花,不想民国后,面对现实生活,他落魄得没办法,最后在大学里找到一个园丁的工作,总算是花儿给了他求生的路子,虽说惨,却也有些诗意。

整个晚上,我们凭着一张地图都在说北平。客人走后,家人睡了,我又独自展开了地图,细细地看着每条街,每条胡同,回忆是无法记出详细年月的,常常会由一条小胡同,一个不相干的感触,把思路牵回到自己的童年,想起我的住室,我的小床,我的玩具和伴侣……一环跟着一环,故事既无关系,年月也不衔接,思想就是这么个奇妙的东西。

第二天早起了,原来就容易发疼的眼睛,因为看太久那细小的地图上的字,就更疼了!

1961年12月25日

老北京的生活

去年五月北京之行,见到侄子祖煃,他马上递过来这本一九九〇年新出版的"老"书。我说它老,是因为这三十三万言的新书,其内容可是三四十年代的旧文章,而且说的是比三四十年更老的老北京的生活。拿起来先扫描一番,使我备觉亲切。尤其里面插图都是线条素描,又简单又写实,无论人或物,都在那几笔特写中见其真实。这是侄子在书刚出版,就特为叔婶买的。

本书的作者是金受申,我和何凡都很知道的一位专写掌故、民俗的老北京作者。我想在台湾的老北京一定对作者金受申也不陌生。这本书是专写老北京习俗、掌故、风物集辑而成。我记得早年在北京看见过他,是位瘦瘦穿着长袍的人。本书内记载他的简历是一九〇六至一九六八,终年不过六十二岁,在这年头儿看起来,去世似嫌早了点儿。

金受申先生原都是在各报刊拉杂写有关北京的民俗、掌故等小文章,后来在一九三八年,《立言画刊》(周刊)的创办人金达志请他为该刊写一专栏题名《北京通》,他欣然允诺。专栏一开,他一口气就写了两百多篇,这岂是一般作家所能做到的?原来金受申是满族人，生于清末，所以他能凭记忆、观察、研究，把个清末民初的生活种种写得淋漓尽致。更为一般人所做不到的是他所写各篇，内容不但实在、有趣，而且每事的来历都纪实道来，不是胡诌的，他自己也曾为文说：

……北京的风俗物事，一事有一事的趣味，一事有一事的来历，小小的一个玩物也有很深微长远的历史。我写"北京通"的目的，并不是炫曜我如何通，只是想用一种趣味化的文字，描写北京的实际状，我的目标是纪实，我的手段是勤问、勤记。记这类旧事，一方面给过来人一种系恋，一方面把过去的北京风俗，前人所未记载，不见文人笔墨的事故，记下来保存。

我所以特把金受申这段话摘录下来，就是觉得他的做法给今日的采访记事者看看，也还有其意义，现在，有多少人能有这种认真的态度呢！本书的篇章是写在三四十年代，可是直等到他一九六八年过世，又过了二十一年的一九八九年，他们的文史资料研究委员会才感觉其对研究北京的历史和民俗的重要，而整理了这批珍贵的史料，编辑出版。距离他写作开始的一九三八年，已有半个世纪了。这半个世纪，北京的生活有没有改变？改变了多少？我翻阅这本书，给我很大的兴趣和感受。

书中可以说整个写的是民间生活，我看看篇题，倒也都知道。无论四季生活、婚丧礼俗、吃喝玩乐、百业杂陈，以及下层社会剪影等等，我虽未身临体验，却是看过听说过。尤其看那一百五十六幅插图,每一幅都说明了它的真实性,这些图也是不可抹灭的资产,因为你如叫现在一代的人(即使是在北京的画家),恐怕也画不出来。他不但不可能用记忆来画,就是找那实际的物件和人物举动姿势,也无法传神。许多我看了都会引起我的回忆和会心微笑。

例如《大酒缸》,这个北京特有的生活形态(可不是台北的酒廊啊!),我时常在街巷道旁干货店的柜台旁一角看见。北京的干货店大都是山西人经营,这店旁一角的大酒缸,可真是有一个桌子大的大酒缸,上面盖着大圆木盖,就算是桌面。三两好友,或者独自个儿,坐在桌旁饮起酒来,酒壶是锡制的,桌上摆着就酒的小碟中,无非是花生米、拌白菜、煮毛豆之类现成的。据说这里只供应"白干儿"酒(高粱酒也),应时的酒菜比如黄花鱼、醉蟹、鲜藕等等也应时准备,但都是冷食而非现炒的,因为它不是餐馆。但是店铺门外两旁,则一定有些推车摊子等的寄生营业,专现做热菜,如爆炒牛羊肉、炖黄花鱼等。但是要知道,下大酒缸都是"老爷们儿"的生活,女人可没有下大酒缸的。或曰那么你林海音怎么知道这么多?我是从小整天上学上街都看见,听也听说过,而且金受申这篇两千多字的文章更是写得详细有趣。

我又记起一事,那就是当我在北平世新读书时,校址在西四丰盛胡同,那里有一个横胡同口,就有一家杂货店里有大酒缸,而那对面两旁还有羊肉床子、水果、烧饼等所谓寄生营业店铺。我们同学常常在下课后到这儿来买刚出炉的热烧饼,夹上刚烧好的烧羊肉,然后就一杯冰凉的酸梅汤,旁边则是几个大男人围坐着在大酒缸旁饮酒哪!所以我一掀开《大酒缸》这页,一眼看见素描图,就别提多么眼熟亲切了。

作者的勤记、勤问,使他的这本四百多页、二百篇文、一百五十六幅插画,都是那么认真仔细的散文记述。可惜的是书成他却早已看不见,只留给后人无限的思念和欣赏。更重要的是他所留下的,是无价的民俗生活记录的财产。我特选了几幅插图刊印于此,也可使读者欣赏这些素描图的有趣可爱。

写至此,我忽又随手找出一本存书,那是在台湾的一位写京剧和北平事务的作者陈鸿年的著作《故都风物》。这本书也是在作者去世(一九六五年)后的一九七○年由正中书局出版,书中也列了二百多篇故都风物,但他写的不如金受申之详尽,这恐怕是独身居台湾,勤记则有,勤问则就没那么方便吧!有许多篇两人都写到同一事物,对照着看,颇是有趣。但两人都太早过世,令人惋惜不已,按说这种作家也该算是大师级的作家啊!

1993 年 1 月

虎坊桥

常常想起虎坊大街上的那个老乞丐,也常想总有一天把他写进我的小说里。他很脏、很胖。脏,是当然的,可是胖子做了乞丐,却是在他以前和以后,我都没有见过的事;觉得和他的身份很不衬,所以才有了不可磨灭的印象吧!常在冬天的早上看见他,穿着空心大棉袄坐在我家的门前,晒着早晨的太阳在拿虱子。他的唾沫比我们多一样用处,就是食指放在舌头上舔一舔,沾了唾沫然后再去沾身上的虱子,把虱子夹在两个大拇指的指甲盖儿上挤一下,"哒"的一声,虱子被挤破了。然后再沾唾沫,再拿虱子。听说虱子都长了尾巴了,好不恶心!

他的身旁放着一个没有盖子的砂锅,盛着乞讨来的残羹冷饭。不,饭是放在另一个地方,他还有一个黑脏油亮的帆布口袋,干的东西像饭、馒头、饺子皮什么的,都装进口袋里。他抱着一砂锅的剩汤水,仰起头来连扒带喝的,就全吃下了肚。我每看见他在吃东西,就往家里跑,我实在想呕吐了。

对了,他还有一个口袋。那里面装的是什么?是白花花的大洋钱!他拿好了虱子,吃饱了剩饭,抱着砂锅要走了,一站起身来,

破棉裤腰里系着的这个口袋,往下一坠,洋钱在里面打滚儿的声音叮当响。我好奇怪,拉着宋妈的衣襟,指着那发响的口袋问:

"宋妈,他还有好多洋钱,哪儿来的?"

"哼,你以为是偷来的、抢来的吗?人家自个儿攒的。"

"自个儿攒的?你说过,要饭的人当初都是有钱的多,好吃懒做才把家当花光了,只好要饭吃。"

"是呀!可是要了饭就知道学好了,知道攒钱啦!"宋妈摆出凡事皆懂的样子回答我。

"既然是学好,为什么他不肯洗脸洗澡,拿大洋钱去做套新棉袄穿哪?"

宋妈没回答我,我还要问:

"他也还是不肯做事呀?"

"你没听说吗?要了三年饭,给皇上都不当。"

他虽然不肯做皇上,我想起来了,他倒也在那出大殡的行列里打执事赚钱呢!烂棉袄上面套着白丧褂子,从丧家走到墓地,不知道有多少里路,他又胖又老,还举着旗呀伞呀的。而且,最要紧的是他腰里还挂着一袋子洋钱哪!这一身披挂,走那么远的路,是多么的吃力呢!这就是他荡光了家产又从头学好的缘故吗?我不懂,便要发问,大人们好像也不能答复得使我满意,我就要在心里琢磨了。

家住在虎坊桥,这是一条多姿多彩的大街,每天从早到晚所看见的事事物物,使我常常琢磨的人物和事情可太多了。我的心灵,在那小小的年纪里，便充满了对人世间现实生活的怀疑、同情、不平、感慨、兴趣……种种的情绪。

如果说我后来在写作上有怎样的方向时，说不定是幼年在虎坊桥居住的几年，给了我最初的对现实人生的观察和体验吧！

没有一条街包含的人生世相有这么多方面；在我幼年居住在虎坊桥的几年中，是正值北伐前后的年代。有一天下午，照例的，我们姊弟们洗了澡换了干净的衣服，便跟着宋妈在大门口上看热闹了。这时来了两个日本人，一个人拿着照相匣子，另一个拿着两面小旗，是青天白日旗。红黄蓝白黑五色旗刚刚成了过去。小日本儿会说日本式中国话，拿旗子的走过来笑眯眯地对我说：

"小妹妹的照相的好不好？"

我不知道这是怎么一回事，和妹妹直向后退缩。他又说：

"没有关系，照了相的我要大大的送给你的。"然后他看着我家的门牌号数，嘴里念念有词。

我看看宋妈，宋妈说话了：

"您这二位先生是——？"

"噢，我们的是日本的报馆的，没有关系，我们大大的照了相。"

大概看那两个人没有恶意的样子，宋妈便对我和妹妹说："要给你们照就照吧！"

于是我和妹妹每人手上举着一面青天白日旗，站在门前照了一张相，当时也不知道究竟是为什么要这样照。等到爸爸回家时告诉了他，他不但没有生气，反而玩笑着说：

"不好喽，让人照了相寄到日本去，不定是做什么用哪，怎么办?"

爸爸虽然玩笑着说,我的心里却是很害怕,担忧着。直到有一天,爸爸拿回来一本画报,里面全是日本字,翻开来有一页里面,我和妹妹举着旗子的照片,赫然在焉!爸爸讲给我们听,那上面说,中国街头的儿童都举着他们的新旗子。这是一本日本人印行的记我国北伐成功经过的画册。

对于北伐这件事,小小年纪的我,本是什么也不懂的,但是就因为住在虎坊桥这个地方,竟也无意中在脑子里印下了时代不同的感觉。北伐成功的前夕,好像曾有那么一阵紧张的日子,黄昏的虎坊桥大街上,忽然骚动起来了,听说在逮学生,而好客的爸爸,也常把家里多余的房子借给年轻的学生住,像"德先叔叔"(《城南旧事》小说里的人物)什么的,一定和那个将要迎接来的新时代有什么关系,他为了风声的关系,便在我家有了时隐时现的情形。

虎坊桥在北京政府时代,是一条通往最繁华区的街道,无论到前门,到城南游艺园,到八大胡同,到天桥……都要经过这里。因此,很晚很晚,这里也还是不断车马行人。早上它也热闹,尤其到了要"出红差"的日子,老早,街上就涌到各处来看"热闹"的人。出红差就是要把犯人押到天桥那一带去枪毙,枪毙人怎么能叫做看热闹呢?但是那时人们确是把这件事当做"热闹"来看的。他们跟在载犯人的车后面,和车上的犯人互相呼应的叫喊着,不像是要去送死,却像是一群朋友欢送的行列。他们没有悲悯这个将死的壮汉,反而是犯人喊一声:"过了十八年又是一条好汉!"群众就跟着喊一声:"好!"就像是舞台上的演员唱一句,下面喊一声好一样。

每逢早上街上涌来了人群,我们就知道有什么事了,好奇的心理也鼓动着我,躲在门洞的石墩上张望着。碰到这时候,母亲要极力不使我们去看这种"热闹",但是一年到头常常有,无论如何,我是看过不少了,心里也存下了许多对人与人间的疑问:为什么临死的人了,还能喊那些话?为什么大家要给他喊好?人群中有他的亲友吗?他们也喊好吗?

同样的情形,大的出丧,这里也几乎是必经的街道,因为有钱有势的人家死了人要出大殡,是所谓"死后哀荣"吧,所以必须选择一些大街来绕行,做一次最后的煊赫!沿街的商店有的在马路沿摆上了祭桌,披麻戴孝的孝子步行到这里,叩个头道个谢,便使这家商店感到无上的光荣似的。而看出大殡的群众,并无哀悼的意思,也是抱着看热闹的心情,流露出对死后有这样哀荣,有无限羡慕的意思在。而在那长长数里的行列中,有时会看见那胖子老乞丐的。他默默地走着,面部没有表情,他的心中有没有在想些什么?如果他在年轻时不荡尽了那些家产,他死后何尝不可以有这份哀荣,他会不会这么想?

欺骗的玩意儿,我也在这条街上看到了。穿着蓝布大褂的那个瘦高个子,是卖假当票的。因为常常停留在我家的门前,便和宋妈很熟,并不避讳他是干什么的。宋妈真奇怪,眼看着他在欺骗那些乡下人,她也不当回事,好像是在看一场游戏似的。当有一天我知道他是怎么回事时,便忍不住了,我绷着脸瞪着眼,手插着腰,气势汹汹地站在门口。卖假当票的竟说:

"大小姐,我们讲生意的时候,您可别说什么呀!"

"不可以！"我气到极点，发出了不平之鸣，"欺骗人是不可以的！"

我的不平的性格，好像一直到今天都还一样的存在着。其实，对所谓是非的看法，从前和现在，我也不尽相同。总之是人世相看多了，总不会无所感。

也有最美丽的事情在虎坊桥，那便是春天的花事。常常我放学回来了，爸爸在买花，整担的花挑到院子里来，爸爸在和卖花的讲价钱，爸原来只是要买一盆麦冬草或文竹什么的，结果一担子花都留下了。卖花的拿了钱并不掉头走，他会留下来帮着爸爸往花池或花盆里种植，也一面和爸爸谈着花的故事。我受了勤勉的爸爸的影响，也帮着搬盆移土和浇水。

我早晨起来，喜欢看墙根下紫色的喇叭花展开了她的容颜，还有一排向日葵跟着日头转，黄昏的花池里，玉簪花清幽地排在那里，等着你去摘取。

虎坊桥的童年生活是丰富的，大黑门里的这个小女孩是喜欢思索的，许是这些，无形中导致了她走上以写作为快乐的路吧！

1961 年 7 月

天桥上当记

天桥并不是女人所该常去的地方,因此,以女人的笔来写天桥,既不能深入那地方的每一个角落,又怎能写出那地方的精神所在?那里的江湖、那里的艺术。

可是我写了。

我去看到的,实在并没有我听到的更多。很多年前,有位记者曾在北平的报上写过《天桥百景》,光是"天桥八怪",他就写了八篇之多,百景写完了没有,不记得了,但是他真是个天桥通,写作的气魄,也令人钦佩。

父亲喜欢逛天桥,他从那里的估衣摊上买来了蓝缎子团花面的灰鼠脊子短皮袄,冬天在家里穿着它。有人说,估衣都是死人的衣服,我听了觉得很别扭,因此我并不喜欢爸爸的这件漂亮衣服。母亲也偶然带着宋妈和我逛天桥。她大老远的到天桥去买旧德国式洋炉子,以及到处都买得到的煤铲子和烟囱等等,载了满满两洋车回来。临上车的时候,还得让"掸孙儿"的老乞妇给穷掸一阵子。她掸了车厢掸车座,再朝妈妈和我的衣服上乱掸一阵,耍贫嘴说:"大奶奶大姑儿,您慢点儿上车。……嘿我说,你可拉稳着点儿,到家多给你添两钱儿,大奶奶也不在乎。……大奶奶,您坐好了,搂着点儿大姑儿。大奶奶您修好。……嘿,孙哉!先别抄车把,大奶奶要赏我钱哪!"

我看妈妈终于被迫打开了她那十字布绣花的手提袋,掏出一个铜子儿来。

我长大以后,更难得去逛天桥了,我们年轻一代的生活日用品,是取诸东安市场和西单商场,因此记忆中有一次逛天桥,便不容易忘记了。

是个冬天的下午,我和三妹在炉边烤火,不知怎么谈起天桥来了,我们竟兴致勃勃地要去天桥逛逛,她想看看有没有旧俄国车毯子卖,我没有目的。但是妈妈说,天桥的东西,会买的便非常便宜,不会买的,买打了眼,可就要上当了。我和三妹一致认为母亲是过虑的,我们又不是三岁孩子,我们更不会认不出俄国毯子以及别的东西的真假。

"还价呢?会吗?"母亲问。

"笑话!漫天要价,就地还钱,我们也懂呀!"三妹说。

"还了价拿腿就走,不是妈妈您这'还价大王'的诀窍儿吗?"我说。

母亲的劝告,并没有使我们十分在意,我和三妹终于高高兴兴地来到了天桥。

逛天桥,似乎也应当有个向导,因为有些地方,女性是不便闯进去的,比如你以为那块场地在说相声,谁不可以听呢?但是据说专有撒村的相声,他们是不欢迎女听众的,北平人很尊重女性,在

"堂客"的面前,他们是决不会撒村的。听说有过这么一回事,两位女听众来到她们不该听的场地来了,说相声的见有女客来,既不便撒村,又不便说明原委赶走她们,只好左一个,右一个,尽讲的是普通相声,女听众听得有趣,并不打算起身,最后,看座儿的实在急了,才不得已向两位听众说:

"对面棚子里有大妞儿唱大鼓,您二位不听听去?"

两位女听众,这时大概已有所悟,才红着脸走了。

我和三妹还不至于那么傻,何况我们的目的是买点儿什么,像那江湖卖药练把式摔跤的,我们怕误入禁地,连张望也不张望呢!

卖估衣的,或卖零头儿布的,都是各以其类聚集在一处。那里很有些可买的东西,皮袄、绣袍、补褂,很多都是清室各府里的落魄王孙以三文不值两文卖出去的。卖估衣的吆唤方式很有趣,他先漫天要价,没人搭茬儿,再一次次地自己落价,当我们逛到一个布摊子面前时,那卖布的方式,把我们吸住了。那个布摊子,有三四个人在做生意,一个蹲在地上抖落那些布,两个站在那里吆唤,不是光吆唤,而是带表演的。当一块布从地摊上拿起来时,那个站着的大汉子接过来了,他一面把布打开,一面向蹲着的说:"这块有几尺?"

"十二尺半。"

"多少钱?"

"十五块。"

于是大汉子把那号称十二尺半的绒布双叠拉开,两只胳膊用力地向左右伸出去,简直要弯到背后了,他拿腔拿调带着韵律地喊着说：

"瞧咧这块布，十二尺半，你就买了回去，绒裤褂，一身儿是足足的有富余！"

然后他再把布绷得砰砰响，说：

"听听！多细密，多结实，这块布。"

"少算点儿行不行呀？"这是另一个他们自己人在装顾客发问。

"少多少？你说！"自己人问自己人。

"十二块。"

"十二块，好。"他又拉开了这块布，仍然是撑呀撑呀，两只胳膊都弯到背后去了。"十二块，十二尺，瞧瞧便宜不便宜！"

有没有十二尺？我想有的。我心里打量着，一个大男人，两条胳膊平张开，无论如何是有六尺的，双层布，不就是十二尺了吗？何况他还极力地弯呀弯呀，都快弯到一圈儿了，当然有十二尺。

三妹也看愣了，听傻了，因为江湖的话，是干脆之中带着义气，听了非常入耳，更何况他表演的十二尺，是那样的有力量，有信用，有长度呢！

"你看这块布值不值？"三妹悄悄问我。

我还没答话呢，那大汉子又自动落价了：

"好！"他大喊了一声，"再便宜点儿，今儿过阴天儿，逛的人少，还没开张呢！我们哥儿仨，赔本儿也得赚吆唤嘛！够咱们喝四两烧刀子就卖呀！这一回，十块就卖，九块五，九块三，九块二咧，九块钱！我再找给您两毛五！"

大汉子嗓子都快喊劈了，我暗暗地算，十二尺，我正想买一块做呢大衣的衬绒,这块岂不是刚够。布店里这种绒布要一块多钱一尺呢,这十二尺才九块,不,八块七毛五,确是便宜。

这时围着看热闹的人更多了,我也悄声问三妹:

"你说我做大衣的衬绒够不够?"

三妹点点头。

"那——"我犹疑着,"再还还价。"我本已经觉得够便宜了,但总想到这是天桥的买卖,不还价,不够行家似的。

"拿我看看。"我终于开口了,围观的人都张脸看着我们姊儿俩。

我拿过来看了看,的确是细白绒布。

"够十二尺吗?"

摊子上没有尺,真奇怪,布是按块儿卖,难道有多长,就凭他的两条胳膊量吗?我一问,他又把布大大的撑开来,两条胳膊又弯到背后去了。

"十二尺半,您回去量。"

"给你七块五。"

我说完拉着三妹就走,这是跟"还价大王"妈妈学的。其实在我还另有一种意思,就是感觉到已经够便宜了,还要还得那么少,实在不忍心,又怕人家要损两句,多难为情,所以赶快借此走掉,以为准不会卖的,谁知走没两步,卖布的在叫了:

"您回来,您回来。"

我明白他有卖的意思了,不免壮起胆来,回头立定便说:

"七块五,你卖不卖吧!"

"您请回来！"

"你卖不卖嘛？"

"我卖，你也得回来买呀！"

他说得对，我和三妹又回到布摊前面来。谁知等我回来了，他才说：

"您再加点儿。"

我刚想再走，三妹竟急不可待地说：

"给你八块五好了！"一下子就加了一块钱。

"您再加点儿，您再加一丁点儿我就卖，这还不行吗？"

"好了，好了，八块六要卖就卖，不卖拉倒！"

"卖啦，您拿去！"

比原来的八块七毛五，不过便宜了一毛五，我们到底还是不会还价，但是，想一想，可比外面布店买便宜多了，便宜了几乎有一半。不错！不错！我想三妹也跟我一样的满意，因为她向我笑了笑，可能很得意她会还价。

我们不打算再买什么，逛什么了，天也不早，我们姊儿俩便高高兴兴地回家来。见着妈妈就告诉她，我们虽然没买什么，但是买了一块便宜布来。

"我看看。"妈妈说着就拆开了纸包，"逛了半天天桥，你们俩大概还是洋车来回，就买了一块布头儿！几尺呀？八尺？"妈妈把布抖落开了。

"八尺？"我和三妹大叫着，"是十二尺哪！"

"十二尺？"这回是妈大叫了，"我不信，去拿尺来，决没有十二尺！决没有十二尺！"她连声加重语气,妈妈真是的,总要扫我们的兴。

尺拿来了,妈妈一尺一尺地量着,最后哈哈大笑起来,"我说怎么样？八尺,一尺也不多,八尺就是八尺！"

我和三妹都愣住了。但是三妹还强争说：

"您这是什么尺呀！"

"我是飘准尺！"妈妈一急,夹生的北京话也出来了。

"什么标准尺——"三妹没话可讲了,但是她挣扎着说,"那也没什么吃亏的,可便宜哪！才八块六买的,布铺里买也要一块多一尺哪！"

"我的小姐,说什么也是上当啦！"妈把布比在我们的鼻子前,指点着说,"一块多,那是双面的细绒布,这是单面的,看见没有！这只要七八毛一尺。"

真是令人懊丧极了！还有什么可说的呢！我和三妹相视苦笑。停了一下,她想起什么似的,说：

"我觉得那个卖布的,他的两条胳膊,不是明明——"三妹也把自己的两手伸平打量着,"难道这样没有六尺？那么大的大男人？难道只有四尺？真奇怪。不过,他真有意思,两臂用力弯到背后去,仿佛是体育家优美的姿势。"

"他的话,也有一种催眠的力量,吸引着人人驻足而观,其实围观的人,并不是各个要买布的——"我还没说完,妈妈嘴快打岔说：

"哪像你们姊儿俩！"

"——而是要欣赏他们的艺术,使我们的听觉和视觉都得到感官的快乐,谁不愿意看见便宜不占呢?谁不愿意听顺耳的话呢?天桥能使你得到。"

"吃了一回亏,学一回乖,"妈妈说,"你们上了当还直夸。"

"这就是天桥的艺术和精神了,你吃了亏,并不厌恶它。"

"所以说,逛天桥,逛天桥嘛!到天桥去要慢慢地逛,仔细地欣赏,却不必急于买东西,才是乐事。"

八尺的绒,并不够做大衣的衬里,但做一件旗袍的里是足够了。我做好穿了它,价钱虽然贵了些,但它使我认识了一些东西,虽然上当,总还是值得的。

1962 年

旧京风俗百图

十六开精装大本的《旧京风俗百图》是一九八四年十月在香港出版,我是一九八六年到香港必逛书店而买来的。作画者王羽仪是一九〇二年出生于浙江,久居北京,留学美国学的是机械工程,回国后一直在铁路上做工程师,但是业余则因爱好图画而大部分时间不断作画,并与画家王梦白、马叙伦、胡佩衡、汪慎生、寿石工等游处。虽是业余,却见功夫,并且有他自己的画风。

这一〇三幅的"旧京风俗图",是绘者受了同时居留香港的我国名文艺作家端木蕻良的鼓励而成的。因为他俩同是把北京当作第二故乡,某日谈起来,王羽仪说他早年在京时,画过几幅旧京风俗图,他们俩因热爱北京,所以端木便鼓励他要画出他所记忆的北京民俗画,这也是在民族学上的一种贡献吧!王羽仪受了鼓励,便兴致勃勃地画将起来,画成时他已经八十高龄了。他并要求由端木给他的画配上诗句,这是受了另一位早期的画家陈师曾(1876—1923)的影响,陈师曾所画的《北京风俗图》便是先后由姚茫父、潘语舲、志鱼、叶恭绰等作词写跋语,又有郑昶、马公愚、何宾笙、陈止、程康等人的题诗作跋。端木便也答应为之题诗了。《北京风俗图》我也收藏一本精装本，两位作者的画风也有类似之处，但陈画只收画三十六幅（因为陈师曾突然去世时只有四十七岁，非常令人惋惜），因此我选择了王羽仪这本来读。

一般人怀念北京，大都是以北京民俗中的民间低下层人的生活形态作为他们写文、作画的对象，写文的喜欢形容他们的市声、市容、动作说话，而作画者就画出他们的形态，由形态中，你可以回忆到他们的举动、服务、叫卖声，甚至可以谱以声调呢！他们大都是悲苦生活中的老百姓，但他们是艰苦的、纯朴的、辛劳的、忍耐的、善良的，但也是无奈的！我想他写文或作画时，心中也是存了这种意念吧！

我在写前段《北京土语》之文时，摘录了一些不出北京城圈的土语，却遗憾无图以配，这回在这本百图中，我倒可以找出几幅来，供读者欣赏了。我所选的数幅都是前文中有提到的土语词汇，可惜篇幅有限，他和陈师曾的画都是国画中的彩墨画，"不雕不师，纯出自然。"（端木语）情趣盎然。

窝脖送嫁妆——请看这位苦力，窝着颈项，肩上扛着一个箱子，上面摆着精细易砸破的摆设：梳妆镜匣、自鸣钟、瓷帽筒，都是女儿家送到夫家的嫁妆，所以叫"窝脖送嫁妆"，"窝脖儿"和"扛肩儿的"是同一种两个名词而已，都是老北京搬运公司的搬运形式，一般搬家也都用车载，但是细瓷玻璃摆设，就不能随车运送，要找几个窝脖儿代劳了。他们窝着脖子，低着头，扛着嫁妆，一步步从女家走到夫家，不知道有多远的路哪！要是在台北的塞车现象下，都得摔碎了吧，端木蕻良的题诗是：

巧夫从不压金线,窝颈为人送嫁妆。

帽筒座钟梳头镜,箱空如也凑全堂。

井窝子——旧时北京,自来水尚未完全出现前,都是在一些胡同里挖井取水。井上设以轳辘轴绕粗绳打水,再由水车分送附近各住户。但是挖的水井水质不同,有的出水是苦味的,有的幸运是甜的,所以北京的胡同命名有的就因井而起名,如苦水井、甜水井,王府井则是王府自凿井而名。我在拙著《城南旧事》中的第一篇《惠安馆》文中,写的两个小女孩英子和小妞儿,就是在胡同里的一处井窝子认识的。记得当大陆拍此片时,北京已经没有这类水井送水了,也没有"井窝子"这名词,所以电影厂特别建造一处井窝子来拍摄。端木的题诗是:

京师买水贵如油,小户还须数水筹。

记取开门八件事,祖师高高把水留。

剃头挑子——"剃头挑子———一头儿热",这句歇后语的来历,就是因北京旧时没有理发店,都是由剃头师傅挑着一个担子,一头是小火炉上架着一脸盆热水,挂着毛巾等物,另一头则是一个抽屉柜,里面放着理发用具如剃刀、剪刀、肥皂等。剃头师傅挑着这副担子沿街用一种响器叫"唤头"或"梭子"的,是两片似镊子的铁片,用铁棍在中间急速拨出,就发出嗡嗡的金属振动声,住户可以听得见,就会把剃头挑子叫进宅门里,给男人、孩子完成理发的任务。

他们把剃头挑子演进成一句歇后语,也是蛮讽刺的,这是形容别人不热心,你却一个人热心,这就是"一头热"的意思了。端木的题诗是:

依样胡芦画不休,前人栽树后人留。
剃来剃去翻新样,还请他人剃己头。

换取灯儿——我童年在北京时常可以看见"换取灯儿"这种沿街叫的妇女,她穿着一身蓝布棉衣或单衣,背后背着一个大竹筐,她唤着:"换取灯儿咧!换榧子儿咧!"取灯儿就是火柴,有时她也喊:"换洋取灯儿咧!"洋取灯儿表示这是外来的。榧子儿就是皂荚的黑色核,把它用水泡开成黏液,妇女用来抿发,作用和今天的发油一样。这种妇女大多是天足,因为她们是旗人(满洲人),民国以后,无以为生,便做了这样贫苦劳动妇女,大街小巷都可以听她们的呼唤声。所谓"换",是拿家中的旧报纸、废纸跟她交谈作价换取。我记得北京四大名旦之一的尚小云,听说他的母亲就是换取灯儿的贫苦妇人出身,端木题的这首是新诗体:

换取灯儿,取灯儿换。
能给别人光明,自家惯于黑暗。

换取灯儿,取灯儿换。
能使别人取暖,自家风中空唤。

拉洋片——在电影未通行的年代,拉洋片是代替电影的娱乐,逢庙会赶集期,许多孩子各给一个铜子儿,就坐在"电影院"里(只是坐在一条长板凳上),通过放大镜向里看。拉洋片的是拉着绳子把一张张图片拉下来,嘴里说着(端木的题诗):

> 望吧里瞧,望吧里观,看了一片又一片。
> 西湖景,无锡景,孟姜女,哭长城,
> 还有新添流行片。
> 望吧里瞧,望吧里观,再看军民打武汉,
> 大元帅就是孙中山。
> 炮火连天欢声震,推翻满清又讨袁。

真是的,它还有革命意识呢!我小时候也做过拉洋片的观众,拉洋片又叫"西洋景",大概是因为电影是从西洋传进的,所以有此名。

捡煤核儿的——也许有这么一个家庭,爸爸拉洋车(人力车),妈妈是"换取灯儿的",孩子就在垃圾堆里"捡煤核儿"。虽然爸妈都是劳工级,但是所入还是不足糊口,于是孩子没钱上不了学,就每天穿着打补丁的棉袄棉裤,提着一个破箩筐,手里拿着一根铁棍,"捡煤核儿"去也。所谓煤核是没有完全烧尽的煤球,用铁棍把上面已烧尽的煤渣打去,里面的煤核捡回家去还可以放在炉里烧,就可以煮水烧饭了。端木对这样可怜的贫苦的"捡煤核儿的"孩子们,是这样题的诗:

煤球掺黄土,烧过唤煤核。

倾倒入垃圾,弃之同敝屣。

穷儿争取拾,得来如拱璧。

余烬生微温,借此胜逼窄。

为了多取两幅图,我未免又写多了,但是它给我们的感情是说不尽的,人本是感情的动物嘛!

1993年2月

难忘的两座桥

走天桥

这座名叫"天桥"的桥,是六十多年前,我七八岁的时候,开始看见她的。她在我的母校北京师范大学附属小学的后操场边上。她的形状是这样的:

桥面约三码长,宽度约十英寸,厚度约十英寸,两边斜坡。整座桥全部都是木制,很结实。我们去走的时候,就叫做"走天桥"。下了课,同学们都喜欢到后操场去走天桥,是运动,也是趣味。由这一边爬走上去,两手扳着斜坡,弯着腰,撅着屁股一步步朝上走。虽很吃力,但很兴奋。上了桥面,可就要小心,因为要脚尖顶着前面脚跟,一步步小心翼翼的,两手有时要张开维持平衡的姿态,好像走钢索一样!

走完这条约三码长的桥面(中间要注意,可别掉下桥去呀!),该下坡了,又是一阵紧张,比上坡可麻烦喽!因为下坡,大家都知道,可不是撅着屁股爬行,而是直着身子,挺胸,腆着肚子朝下走啊!脖子一动也不能动,架着你的脑袋,眼球不能左右乱看。

有一点还得知道,这木桥无论哪一面,都是平光的,虽不滑,但也不是很平稳。就这么挺胸腆肚子走下去,最后一步跳到地面上,算完成了这一趟"走天桥"。快乐的大喊一声,是成功了一件大事!

这种光面的爬行,是一种本事,她训练你胆大、心细、只许前进、不许退缩。所以"走天桥",在我自小的心目中,永难忘怀。每逢走"她",我都带着兴奋的心情。"要努力啊!"我告诉自己,"要走完啊!"我鼓励自己。"走完天桥"的心意,就这么自小到大养成了。

数十年后,我重踏第二故乡北京,再返母校找寻我的"桥"。桥不见了,很失望,不知何年何月给拆掉了。

我不知道有多少老同学老朋友记得我的桥,但是没关系,她永存于我心中,给我的影响是今生今世,永久永久。

宽敞美丽的十七孔桥

从小到大,每年到颐和园做春假旅行是必然的事。那么广大(占地二百九十公顷)的皇家园林,里面有看不尽的自然的或人工的景致,是清末慈禧太后花费了海军军费三千万两雪白银子的款项修建的。这个中国最完美的皇家园林,虽然她自己享受了,但还是供给更多后世的人,无尽的享用!

春假时节,从北京到颐和园的游春者,真是络绎于途,出了西直门,车呀,牲口呀,徒步的人呀,尘土飞扬的情景忘不了。我头上包着一块头纱,玩够了回家,还是满鼻孔的黄土。想当年,北京可真是"无风三尺土",一点儿也不错啊!

到了颐和园,门口是两尊石狮子,雕刻的坐姿别提多美了。进了门就看见昆明湖的大湖面，向右看，是万寿山。我们总是先向左转，经过"耶律楚材"墓，向前走，就是铜牛。越过造型优美的十七孔桥，接连了昆明湖和万寿山，我只熟悉万寿山上高高的排云殿，一步步向上走去，许多这个殿，那个阁的，我可就背不出来了。

从万寿山朝广大的昆明湖望下去，十七孔桥历历在目。她是多么美啊！无论日出、日落，十七孔桥总是在晨曦的阳光中或月色朦胧中，安安稳稳地架在湖面上。她接连了湖与岸，游客走上排云殿，不免停驻阶梯上，回头望湖面，那白玉石栏杆的十七孔桥，像一道彩虹，跨在庙、亭之间。

如果你漫步在桥上，从桥栏向湖水望去，碧波荡漾中是天光云影。这十七孔桥，桥长一百五十公尺，宽八公尺，共有十七个桥洞，桥栏杆上雕有石狮五百多只，不同的姿态，造型非常美，无论大人小孩游客，都不由得要伸手去勾一勾、摸一摸。

到了夏天，昆明湖面上布满了游艇，堤岸上柳荫处处，散步在堤岸上，是无限的夏意之美。

我们知道颐和园是皇家用了该建海军的白花花的几千万两银子，但却不知道谁是那筑园的工程师，历史上没有记载，是无名英雄啊！

如今，十七孔桥，以及占地两百九十公顷的皇家园林，几百年下来，还是那么美丽的存在着。如果去北京旅行，可别忘了到颐和园走游一天，别忘记走一走我的十七孔桥，数一数桥栏杆上的石雕狮子啊！

城墙·天桥·四合院儿

三宗宝

大阪对我不是个陌生的地方,因为七十五年前,我出生在大阪,跟大家可以认同乡呢!何况大家又都研究汉文,研究北京,都是京味儿同志呢!贵会藤井荣三郎委员第一次写信邀请我,曾很欣赏我编的北京三宗宝:"城墙、天桥、四合院儿;骆驼祥子满街跑!"其实这不是真的北京三宗宝,实在是我个人编的,是我对北京的重要印象。

说到三宗宝,这是中国北方对于某地特产的一种语言文化。大家也许听说过一些,我先举一个保定府的三宗宝:

铁球,酱菜,春不老。

保定府是河北省县名,是旧河北省省府,在天津市的西南,和北京、天津是接近的三个地方。今天的保定府的三宗宝,我带来了一宝,就是这一对铁球。为何铁球是宝呢?难道别的地方没有?

大家请看、请听;这球是钢制的,男人揉之活血脉。听,摇揉起来有叮当之声,因为里面有小钢球,但球是空心的,小钢球是如何焊入的?这就是它的巧妙,也只有保定府才会制作。其他两样,保定府的酱菜特别好吃,腌制不同吧。春不老则是一种青菜,像雪里蕻一样的。

另外,东北的三宗宝则是:

人参,貂皮,乌拉草。

人参大家都知道是补品,最贵重的产在吉林;貂皮则是兽皮,现在是属环保动物,可不能随便杀取啦;乌拉草是冬日制鞋的一种草,是穷人穿着又便宜又取暖,而貂皮则是有钱人穿着的贵重的皮裘。

至于说到北京的三宗宝,藤井先生所欣赏我编的,那么北京到底有没有真的三宗宝呢?可说没有,也可说有,我后面再说。那么我自编的北京城三宗宝:"城墙、天桥、四合院儿;骆驼祥子满街跑。"又是什么意思呢!那是我心中的三宗宝,并非自来就有的,可是现在都没有了。北京城和万里长城,是世界闻名的古迹,全世界没地方找,当初拆的时候,曾有不同的意见,看,就连意大利的不少古迹,已经成了废墟了,还都亮在那儿,供人凭吊,保留不毁,古迹嘛!虽说拆了可以改建更进步的城市。我所以伤心,只是我自幼对他们的感情,很伤心,不是反对,而是感性的罢了!天桥,它原是老百姓的一个娱乐去处。清廷皇帝住在皇宫里,自有他们的娱乐生活，但是皇帝住在宫内，每年却要到天坛、祈年殿等处去祭天，祈求。平民区的所在地是必经之路，皇帝不能不过，却不能过，所以就以汉白玉造一个拱形的桥，专为皇帝走；皇帝称天子，天子所走之桥故称天桥。民国后桥拆了，变成名存实亡的"天桥"，今日的天桥反而是代表平民的、民俗的了。

我今天又带来了三张北京地图，我们大家来欣赏北京城百年来古今地理环境。一张是清末民初的"京城内外首善全图"，一张是"七七事变"前的"北平全图"，一张是沦陷后的"北京城区地图"。我借此略谈一谈北京的四合院：四合院是中国有名的居住建筑形态；它的大原则是四面房子，中间包着一个院子，所以叫四合院。当然，它也不是那么简单，北京的四合院，有千百种样式，中国房屋构造是以北为上的，所以一进大门是一溜南房，然后进了二道门，里面的三面北、东、西。北房俗称上房，一向是主人房；东、西为厢房。四面还有跨院，院里有小房间，当做堆房、厨房、佣人房。北房里面两边还有耳房，是为主人的贮藏衣物等用的。专讲四合院的房屋构造，就一时讲不完。

我以前在北京，自家住四合院，也见过许多四合院；讲究的大都在北城，是当年的王府住宅，院子里铺着方油砖，院子四角有四棵树，房子分数进；每一进又是一个四合院。有一个形容大宅第生活的对子说：

天棚、鱼缸、石榴树，
老师、肥狗、胖丫头。

到了夏天,富户在院子搭起天棚遮阳,院中摆着大金鱼缸,屏风前面是几盆石榴;家中请了教席教孩子,养着肥狗,连供使唤的婢女都吃得胖胖的。这是怎样的一幅富家生活情景啊!

穷人也有他们的四合院,住了很多户,所以美其名叫"大杂院",住户大多是劳动阶级:小贩,唱戏的,拉洋车的,贫户等等。大杂院也有其情趣的一面,许多作家都曾以大杂院的形形色色写成小说,其中不乏动人的故事。

大杂院的住家,一家只租一两间房,那里没有厨房,所以他们的厨房,就设在房檐下,摆一个煤球炉子,冬日移到屋里,还可以取暖,也是很温暖有人情味的。可是现在的四合院,都破破烂烂,连贫民窟都不如了。

至于"骆驼祥子",是北京早期的交通工具的代词了,它是源自贵会所研究的老舍先生。《骆驼祥子》是老舍的名著,老舍的作品,这一生都是以北京为背景,老舍夫人胡絜青女士,就曾在一本书中开头就说:

> 老舍和北京分不开,没有北京,就没有老舍。老舍生在北京,长在北京,死在北京,他的一切都属于北京,老舍写了一辈子北京……

我打小成长在北京,对北京的交通工具很熟悉,尤其对北京人称"洋车"的人力车,至于为什么又说"骆驼祥子",因为老舍的这本名著中,外号叫"骆驼祥子"的洋车夫,有个很动人的故事,所以我说它是人力车的代号了。

我粗粗地把我印象深刻的北京的事务,编成"三宗宝",博大家一笑,也是我对北京的感情。好了,那么你们还是问,别处都有三宗宝,北京到底有没有?有,说出来大家一定很奇怪,它是:

北京城三宗宝:人情、势力、脑袋好!

这三宗宝不是物质的,而是精神的。怎么北京城是这三宗宝呢?我忘记这是我从哪儿得来的,我认为它更具代表性,是以北京人的一般人性做代表。北京做了八百年的皇都,人人都懂得人情、势利眼、又聪明。不知大家以为然否?我觉得它比我编的三宗宝有力量多了。

红嘴绿鹦哥——谈吃的

前面"什不溜七"的(杂乱之意),我读了不少由北京发展出来的"三宗宝",该换换口味了,说说吃的吧。说吃的,我先说一段早先西太后逃难的故事。

西太后逃难的时候,一路没得吃,可苦了随侍的太监们,有一天到了乡下,摆不出一百零八种菜样儿来,便问乡下人有什么可吃的,那儿只有豆腐、菠菜。好吧,御厨就以这两样西太后从未沾过嘴唇的东西做了一样菜,西太后吃到嘴边,嗯!不错嘛!便问起这是什么菜?御厨无以回答,其实是一个煎豆腐,炒菠菜,便随口说:"老佛爷,这道菜是金镶白玉板,红嘴绿鹦哥。"煎豆腐两面会焦黄色,而春天的菠菜,叶绿,梗子是洋红色,所以这么说了,因为皇宫中的菜名都得高贵好听。西太后听了吃得非常满意。

我现在要跟大家谈的,可不是什么贵族讲究菜。北京做了八百年皇都,有所谓五大名菜:烤鸭、烤肉、涮肉、谭家菜、宫廷菜。我不打算说,也不会说,我要从民间的家常菜说起。记得我的二女儿夏祖丽出去后曾在一篇文章里回忆说:"我很想念我母亲的小炒。"所谓小炒,就是我们说的家常菜。因此它不是五大名菜,更不是各省的餐馆菜,如川菜、湘菜、江浙菜、广东菜、山西菜等等,而是北京一般家庭主妇每天做的家常菜,也就是小炒。怪不得我女儿想它,我也喜欢我母亲的小炒哪!

北方人是以面食为主的餐饮习惯;这里所谓的家常菜,一方面是下饭吃,一方面是就面食如大饼、馒头吃的。我们由四季谈起吧!北京是在华北大平原的西北端,是属于温带大陆性季风的气候,四季分明,四至五月是春季,干旱少雨,多风沙天;六至九月是夏季,也是北京的雨季;九至十月是天高气爽的秋季,也是北京最佳的旅游季节,满山红叶,秋意醉人;十月底到次年三月是冬季,到零下一二度,降雪天。像这样的一年四季,在饮食中应当怎么说呢?三至四月是干树枝的冬季过去了,吃熬白菜、火锅的日子过去了,现在是春天植物发芽,地下种的蔬菜都发芽冒出来了,我很记得胡同里一车一车推着菠菜、大葱都出现了。家常菜本来是一样一样的炒菜,如炒韭黄、炒菠菜、炒豆芽。北京人炒菜用的肉类一年四季最主要的是猪肉,而猪肉是讲究切猪肉丝,放鸡蛋或豆干丝,都是非常好吃下饭的。北京人的餐饮,对于切的功夫很注意,所配炒的菜色,如果是韭黄、豆干,肉就要切丝,如果炒青豆,那么肉要切丁,豆腐干也切丁,如果菜色是笋片,那么猪肉、豆干都要切片。还有的菜如萝卜、黄瓜、茭白、茄子,是切成滚刀块的,它也都有各种的艺术味道,可不是乱切乱割一阵的。北京所有的主妇,不但会炒菜,也很会切菜。

到了夏季,煮一锅绿豆稀饭,烙一些薄饼,配合了家常菜,就是一顿非常合口的餐食。夏季也是吃瓜果的季节,所以饭桌上常是凉拌的菜,如拍黄瓜拌粉皮,加入蒜末、芥末。再切些咸菜丝,就馒头吃,就是夏季最可口的饭食了。而且普通人家,常把矮桌摆在院子树阴底下,吃着说着,别提多快乐了。

到了秋天,北京人喜欢把在这一夏天所失去的脂肪找回来,有个名词就是"贴秋膘",是吃些荤菜,也就是我们现在常说的"打牙祭",这种荤饮食,就是要在牛、羊肉的身上找,这时张家口外的羊,开始进到北京了。有名的回族馆子,东来顺、西来顺(现在还有南来顺了)、烤肉宛、烤肉季,都开始了,馆子门口贴着大红纸的"爆、烤、涮"字样,令人垂涎不已(我就是)。爆,涮,家庭可以吃,但是烤肉是要特别的装置,烤肉炙子就不是一般家庭所能装置的了。吃爆、烤、涮仍是配以面食为主,就烧饼、大饼吃。吃这些,蔬菜方面,少不得大白菜、酸白菜、大葱、香菜、大蒜等等。

我只能粗粗地讲一讲北平的家常菜而已,至于饺子、馅饼、锅贴我也就不多讲了。北京还有些风味小吃,种类也不少,它们多是清廷传入民间的小吃,也可说是属于点心类吧,如肉末夹烧饼、小窝窝头、豌豆黄、芸豆卷、甑儿糕等,这差不多都是皇家传入民间,但小窝窝头可不是民间吃的大窝头,大窝头是棒子面做的,小窝头则是很细的小米面做的。

民间传统的小吃,则有炒肝、灌肠、爱窝窝、驴打滚儿、散子麻花、萨其玛、豆腐脑儿……花样很多,我一时也说不完。

我今天就说到这儿打住。无论是民俗,饮食,我都说得很草率,请大家原谅,也希望大家努力再进"京味儿"的门槛儿,下次还有机会,我们也许一同到北京去举行"老舍研究会"吧!

城南旧事

苦念北平
想念北平市井风貌
我的童玩
在胡同里长大
家住书坊边
骑毛驴儿逛白云观
英子的乡恋
访母校·忆儿时
我的京味儿回忆录
我的京味儿之旅
冬阳·童年·骆驼队

苦念北平

不能忘怀的北平！那里我住得太久了，像树生了根一样。童年、少女，而妇人，一生的一半生命都在那里度过。快乐与悲哀，欢笑和哭泣，那个古城曾倾泻我所有的感情，春来秋往，我是如何熟悉那里的季节啊！

春光明媚，一骑小驴，把我们带到西山，从香山双清别墅的后面绕出去，往上爬，大家在打赌，能不能爬上"鬼见愁"的那个山头！我常常念叨"鬼见愁"那块地方，可是我从来也不知道它究竟在哪里。

春天的下午，有时风沙也很大，风是从哪儿吹来的呢？从蒙古那边吹来的吗？从居庸关外那边吹来的吗？春风发狂，把细沙送进了你的眼睛、鼻子和嘴里。出一趟门，赶上风，回来后，上牙打打下牙试试，咯咯吱吱的，全是沙子，真是牙碜。"牙碜"是北平俗话，它常被用在人们的谈话里。比如说：

"瞧，我这两天碰的事儿都别扭，真是，喝凉水都牙碜！"——比喻事不顺心。

"大姑娘哪兴这么说话，也不嫌牙碜！"——比喻言语粗鄙。

"别用手指甲划玻璃好不好,声儿听着牙碜!"——形容令人起寒战的感觉。

"这饭怎么吃着这么牙碜!掺了砂子啦!"——形容咀嚼不适的感觉。

春天看芍药牡丹,是富贵花。中山公园的花事,先是芍药,一池一畦地开,跟着就是牡丹。灯下看牡丹,像灯下观美人一样,可以细细的品赏,或者花前痴望。一株牡丹一个样儿,一个名儿,什么"粉面金刚"、"二乔"、"金盆落月"。牡丹都是土栽,不是盆栽,是露天的,春天无雨不怕,就是怕春风。有时一夜狂风肆虐,把牡丹糟蹋得不成样子。几阵狂风就扫尽了春意,寻春莫迟,春在北平是这样的短促呀!

许多夏季的黄昏,我们都在太庙静穆的松林下消磨,听夏蝉长鸣,懒洋洋地倒在藤椅里。享受安静,并不要多说话,仰望松林上的天空,只要清淡的喝几口香片茶。各人拿一本心爱的书看吧,或者起来走走,去看看那几只随着季节而来的灰鹤。不是故意到太庙来充文雅,实在是比邻中山公园的情调,有时太嫌热闹了,偶然也要躲在太庙里享受清福。但是太庙早早就要关门了,阵地不得不转移到中山公园去,那里有同样的松林,同样的茶座,可以坐到很久,一直到繁星满天,茶房收拾桌椅,我们才做最后离园的客人。

最不能忘怀的是"说时迟,那时快"的暴雨;西北的天空忽然乌云密布,一阵骤雨洗净了世间的污浊,有时不到一小时的工夫,太阳又出来了,土的气息被太阳蒸发出来,那种味道至今还感到熟悉和亲切。我喜欢看雨后的红墙和黄绿琉璃瓦,雨后赶到北海划小船最写意。转过了北池子,经过景山前的文津街,是到北海的必经之路。文津街是北平城里我最喜爱的一条路,走过那里,令人顿生怀古幽情。

北平的春天,虽然稍纵即逝,秋日却长,从树叶转黄,到水面结冰,都是秋的领域。秋的第一个消息,就是水果上市。水果的种类比号称"水果之乡"的台湾并不逊色,且犹有过之。比如枣,像这里的桂圆一样普遍,但是花样却多,郎家园、老虎眼、葫芦枣、酸枣,各有各的形状和味道,却不是单调的桂圆可以比的了。沙营的葡萄,黄而透明,一掰两截,水都不流,才有"冰糖包"的外号。京白梨,细而无渣。鸭儿广,赛豆腐。秋海棠红着半个脸,石榴笑得合不上嘴。它们都是秋之果。

北平的水果贩最会吆唤,你看他放下担子,一手叉腰,一手捂着耳朵,仰起头来便是一长串的吆唤。婉转的唤声里,包括名称、产地、味道、价格,真是意味深长。

西来顺门前,如果摆出那两面大镜子的招牌——用红漆一面写着"涮",一面写着"烤",便告诉人,秋来了。从那时起,口外的羊,一天不知要运来多少只,才供得上北平人的馋嘴咧!

北平的秋天,说是秋风萧索,未免太凄凉!如果走到熙熙攘攘的西单牌楼,远远地就闻见炒栗子香。向南移步要出宣武门的话,一路上是烤肉香。到了宛老五的门前,不由得你闻香下马。胖胖的老五,早就堵着房门告诉你:"还要等四十多人哪!"羊肉的膻,栗子的香,在我的回忆中,是最足以代表北平季节变换的气味了!

每年的秋天,都要有几次郊游,觅秋的先知先觉者,大半是青年学生,他们带来西山红叶已红透的消息,我们便计划前往。星期天,海淀道上寻秋的人络绎于途。带几片红叶夹在书里,好像成了习惯。看红叶,听松涛,或者把牛肉带到山上去,吃真正的松枝烤肉吧!

结束这一年最后一次的郊游,秋更深了。年轻人又去试探北海漪澜堂阴暗处的冰冻了。如履薄冰吗?不,可以溜喽!于是我们从床底下检出休息了一年的冰鞋,掸去灰尘,擦亮它,静待升火出发,这时洋炉子已经装上了。秋走远了。

这时,正是北平的初冬,围炉夜话,窗外也许下着鹅毛大雪。买一个赛梨的萝卜来消夜吧。"心里美"是一种绿皮红瓤的萝卜,清脆可口。有时炉火将尽,夜已深沉,胡同里传出盲者凄凉的笛声。把毛毯裹住腿,呵笔为文,是常有的事。

离开北平的那年,曾赶上最后一次"看红叶",冰鞋来不及检出,我便离开她了。飞机到了上空,曾在方方的古城绕个圈,协和医院的绿琉璃瓦给了我难忘的最后一瞥,我的心颤抖着,是一种离开多年抚育的乳娘的滋味。

这一切,在这里何处去寻呢?像今夜细雨滴答,更增我苦念北平。不过,今年北平虽然风云依然,景物还在,可是还有几人能有闲情对景述怀呢!

1962 年

想念北平市井风貌

《喜乐画北平》中的"市井风貌篇"这辑,他选了自画的十几幅图,无非是街头现做小吃摊、羊肉包子铺,以及井窝子、井台儿、冰上拖床等。要说北平市井风貌,何止这些,本书所辑不过是喜乐已画就的。

看喜乐的画,不由得使我再次回到北平的老日子,在四季分明的北平,你会很记得什么季节看到什么,听到什么,做些什么,甚至闻到什么味道!让我以季节来散漫地回忆回忆。

农历正月里,总忘不了在正月十九以前,去一趟白云观。不是为会神仙,不是为打桥底下那个金钱眼,也不是为看那几个打坐的高龄老道,只是为了骑小驴儿,出西便门跑一趟。

骑术并不佳,胆子也不大,比起宋妈跟她当家儿的回牛郎山骑小驴儿的派头儿,差多了;她盘腿儿坐在驴背上,四平八稳的,驴脖子上的铃铛串儿,在雪地里响得清脆可听,驴蹄子得得得得的,踏着雪地远去了。我不是那样,我骑的这头小黑驴儿,它也有一串铃铛,因为是大正月,赶驴的爱给他的"驴头马面"打扮打扮,还系上红绿头绳呢！我告诉赶驴的，可别离我太远，小驴儿稍微跑快几步，我四顾无人，就急得哟哟叫。从宣武门脸儿骑上驴，出西便门一里多就到了白云观。

白云观虽然很热闹，但给我的印象却很破旧，也许看过很多大庙宇的关系，如果不是为了要骑驴，还真没兴致来呢！白云观门前墙上嵌着的那个石猴，大家进去都要伸手摸一摸，据说是取其吉祥。石猴被摸得黑污油亮，实在不可爱。进去以后，你就花钱吧，石桥洞里，盘坐着一位老道，无数的铜子儿向他抛去，能抛中老道的，当然又是吉利，这叫"打金钱眼"，这样有去无回的掷钱法，实在也是老道敛钱的好法子。后来币制改了，钞票取代了铜板，没法儿打金钱眼，可就惨了老道们了。

打足金钱眼，再向里走，就跟护国寺、隆福寺的庙会一样，除了吃的就是耍的，总是千篇一律的那种套圈儿的玩意儿，不要说十圈九不中，你就套上一百回，也未必能赢回一个小泥狗！再到后院去看房里那几个在炕头儿上打坐的老道士吧，说他们有九十啦，一百啦，究竟是多大岁数，也说不清。

白云观不过如此。赶紧再出来找小驴，风尘滚滚地骑回宣武门来。一年一度的骑小驴儿逛白云观的目的，就算达到了。

春光明媚，还有骑小驴儿上西山的机会。

西山的范围可广了，往大里说，是：西山内接太行，外属诸边，磅礴数千里。我骑小驴儿可没这么大本事！西山可说是京西诸山之总名，玉泉山也是西山，碧云寺也是西山，卧佛寺也是西山，八大处也是西山,香山也是西山。古人游西山,尝说"西山寺三百",甚至说"西山寺五百",数字虽不准确,但庙宇之多是无疑的。

骑小驴儿上八大处却是我难忘的经历。小驴儿上山有本事,可是它专爱走那羊肠小道,而且还爱溜边儿,如果它一失足,不就滚下高崖深涧了吗?可是它没有,只是使我心惊不已,就紧紧拉住缰绳,"吁——吁——"的喊它。我想小驴儿也是会捉弄人的,谁教你骑了它,使它负担沉重呢!

八大处有名的是秘魔崖,神秘的佛教故事是很美的。那故事说:当年名僧卢师从江南乘船北来,船到了崖下便止而不行,于是卢师就留在崖居。有一天两个小沙弥来拜见卢师,他们说:"师傅,我们愿意永远地侍候您。"卢师便留下了他们,一个名大青,一个名小青。这样过了几年,忽然有一年久旱不雨,大青和小青向卢师说:"我们可以使雨及时而下的。"说着,他们俩就投身潭水里,变成两条青龙,过不久,果然甘霖解旱。

许多诗人写了游秘魔崖的诗,我偏爱七言绝句的这一首:

秘魔崖仄藓文斑,千载卢师去不还;
遣有澄潭二童子,日斜归处雨连山。

骑小驴儿到香山的双清别墅看金鱼,也是难忘的事。听说从双清别墅后面绕出去,往山上爬,可以爬上"鬼见愁"那个山头。我常念叨"鬼见愁"这个名字,可是我从来也不知道它究竟在哪儿。小驴在别墅门外等着,我们进来休息。游客向池里扔下面包,看尺长的金鱼游来,一扭腰一张嘴,一块面包就吃进去了!我们也谈论别墅的一位慈善家,他有怎样一个残废的儿子的故事。那些故事,那别墅是怎样的走法,都不记得,只记得金鱼美丽的游姿和小毛驴儿丑怪的嘶鸣。

从碧云寺骑小驴儿到卧佛寺,倒不是一条难行的路,也不远。一丈多长的卧佛,总是那么悠闲的斜卧在大殿里,"接见"年年去探望他的小客人。这位小客人,当她还是小小姑娘的时候,就喜欢拜见这卧佛,她知道卧佛是用五十万斤铜铸成的,前清的皇帝都向他献了鞋子,那个摆鞋的玻璃橱里,三双的尺寸尽不相同,无论哪一双,卧佛都穿不进,但供献是一种敬意。

春天的下午有时风沙也很大,风是从哪儿吹来的呢?从蒙古那儿吹来的吗?从居庸关外那边吹来的吗?春风发狂,把细沙送进了你的眼睛、鼻子和嘴里。出一趟门赶上风,回家后,上牙打打下牙试试,咯吱咯吱地响,全是沙子,真是牙碜。"牙碜"是北平俗语,形容令人不舒适的感觉。

到中山公园看芍药牡丹,是北平春夏欣赏花事之乐。先是芍药,一池一畦地开,跟着就是牡丹。灯下看牡丹,像灯下观美人一样,可以细细品赏。或者花前凝望,一株牡丹一个姿势,一个名堂,什么"粉面金刚"、"大乔小乔"、"金盆落月"。牡丹都是土栽,不是盆栽,是露天的,春天无雨不怕,就怕春风。有时一夜狂风肆虐,把牡丹糟蹋得不成样儿;几阵狂风就扫尽了春意,寻春莫迟,春天在北平是这样的短促呀!

春日胡同里的叫卖声,很记得那挑着浅木盆卖金鱼儿的,一边是小条金鱼,一边是俗名"蛤蟆骨朵"的蝌蚪。它是供购者吃的,买几尾蝌蚪,和水吞下,据说是清火的。看人饮用活玩意儿,怪害怕的,我可没试过,倒是蝌蚪长大成了青蛙(俗名田鸡),大蒜炒田鸡腿却是我爱吃的一道菜。

蝉叫,是难忘的夏季的声音。家家院子里都有树,蝉叫声不断,都是在闷热的下午。北平夏季也时有"说时迟那时快"的暴雨。西北天空忽然乌云密布,一阵骤雨洗净了世间的污浊,有时不到一小时,太阳又出来了,土的气息被太阳蒸发出来,那种味道至今难忘,还觉得十分熟悉亲切。这时胡同里又传来了小孩子叫卖"五香豌豆"的声音。原来雨过天晴,小住家儿的妇人就煮了五香豌豆,放在浅筐里,叫男孩子沿街叫卖,赚个十几二十枚也是好的。小男孩卷起裤角光着脚,在还没消失的雨水里走着喊着,一会儿豌豆就卖完了。

秋天来了,很自然地想起那条街——西单牌楼,因为那虽是一条大街,但在我的回忆和感觉中,西单牌楼在秋天给人的不是大自然的景象,而是味觉上的。无论从哪个方向来,到了西单牌楼,秋天,黄昏,先闻见的是街上的气味。炒栗子的香味弥漫在繁盛的行人群中,就赶快朝那熟悉的方向看去,和兰号的伙计正在门前炒栗子呢!和兰号是卖西点的,炒栗子也并不出名,只是因为它处在街的转角上,过往人多,买卖就显得热闹。

"来一斤吧!"良乡栗子刚炒出来,先倒在箩中筛出裹糖的沙子。这时另有一种清香的味儿从身边飘过,原来眼前街角摆的几个水果摊子上,啊!枣、葡萄、海棠、柿子、梨、石榴……全都上市了。香味多半是梨和葡萄散发出来的。沙营的葡萄,黄而透明,一撅两截,水都不流,所以有"冰糖包"的外号。京白梨,细而嫩,一点儿渣儿都没有。"鸭儿广"柔软得赛豆腐。枣是最普遍的水果,郎家园是最出名的产地,于是无枣不郎家园了。老虎眼、葫芦枣、酸枣,各有各的形状和味道。"喝了蜜的柿子"要等到冬季,秋天上市的是青皮高椿柿子。海棠红着半个脸,石榴笑得露出一排粉红色的牙齿。这些都是秋之实。

抱着一包热栗子和一些水果,从西单向宣武门走去,想着回到家里在窗前的方桌上,就着暮色中的一点光亮,家人围坐着剥食这些好吃的东西,心里满盼望的,脚步不由得就加快了。走着走着,身后响起了"当当"的电车声,是五路车快到宣武门脸儿的终点了。

过了绒线胡同,空气中又传来了烤肉的香味,是安儿胡同口儿上,那间低矮窄狭的"烤肉宛"上人了。

门前挂着清真的记号,他们是北平许多著名回教馆子中的一个。秋天开始,北平就是回教馆子的天下了。矮而胖的老五,在案子上切牛羊肉,他的哥哥老大,在门口儿招呼座儿。他的两个儿子——眼睛明亮、身体健康,充分表现出回教精神的青年,在一旁帮着和学习剔肉和切肉的技术。炙子上烟雾弥漫,使原来就不明亮的灯就更暗了些,但是在这间低矮烟雾的小屋里,却另有一股温暖而亲切的感觉,使人很想进去,站在炙子边举起那两根长筷子!

烤肉宛原来只是一间羊肉包子铺，供卖附近居民和路过的劳动者一些羊肉包子吃。后来烤肉出了名，但它并不因此改变对待主顾的态度。比如说，他们只有两个炙子，总共也不过能围上一二十人，但是一到黄昏，一批批客人来了，没地方坐，也轮不上吃，老五就会告诉客人："您还得等二十三位。"客人就会先到西单去绕个弯儿，再回来就差不多了。没有登记簿，不能预定座儿；他们却是丝毫不差地记住了先来后到的次序。没有争先，不可能插队，一切听凭老大的安排。他也没有因为来客是乘自家用汽车的或拉洋车的车夫，而有什么区别。老五是公平的，所以给人格外亲切的感觉。

一边手切肉一边嘴里算账，是老五的本事，也是艺术。一碗肉、一碟葱、一条黄瓜，他都一一唱着钱数加上去，没有虚报，价钱公道。在那里，房子虽狭小，吃喝却舒服。老五的笑容并不多（回族人的眼睛倒是黑大而明亮），但他给你的是诚朴的感觉，在那儿不会有吃得惹气这种事发生。

秋天在北平的风貌，足以代表季节变换气味的，就是牛羊肉的膻和炒栗子的香了。

1963年

我的童玩

我的"小脚儿娘"

老九霞的鞋盒里，住着我心爱的"小脚儿娘"，正在静静地等着她的游伴——李莲芳的"小脚儿娘"。

夏日午后，院子里的榆树上，唧鸟儿（蝉）拉长了一声声"唧——唧——"的长鸣。虽然声音很响亮，但是因为单调，并不吵人，反而是妈妈带着小弟弟、小妹妹在这有韵律的声音中，安然地睡着午觉。只有我一个人，在兴奋地等着李莲芳的到来——我们要玩小脚儿娘。

一放暑假，我就又做了几个新的小脚儿娘。一根洋火棍，几块小小的碎花布做成的小脚儿娘，不知道为什么给我那么大的快乐。

老九霞的鞋盒，是小脚儿娘的家；鞋盒里的隔间、家具，也都是我用丹凤牌的洋火盒堆隔成的。如果是床，上面就有我自己做的枕和被；如果是桌子，上面也有我剪的一块白布钩了花边的桌巾。总之，这个小脚儿娘的家，一切都是照我的理想和兴趣，最要紧的，这是以我艺术的眼光做成的。

最让人兴奋的是,中午吃饭的时候,我准备了一个用厚纸折成的菜盒,放在坐凳我屁股旁边。等爸爸一吃完饭放下筷子离开饭桌时,我的菜盒就上了桌。我夹了炒豆芽儿、肉丝炒榨菜、白切肉等等,装满一盒子。当然,宋妈会在旁边瞪着我。不管那些了,牙签也带上几根,好当筷子用。

李莲芳抱着她的鞋盒来了。我们在阴凉的北屋套间里,展开了我们两家的来往。掀开了两个鞋盒,各拿出自己的小脚儿娘来。我用手捏着只有一条裤管脚和露出鞋尖的小脚儿娘,哆哆哆地走向李莲芳的鞋盒,然后就是开门、让座、喝茶、吃东西、聊闲天儿。事实上,这一切都是我俩在说话、在喝茶、在吃中午留下来的菜。说的都是大人说的话,趣味无穷。因为在这一时刻,我们变成了家庭主妇,一个家的主妇,可以主动、可以发挥,最重要的是不受制于大人。

从六岁到六十岁

旧时女孩的自制玩具和游戏项目,几乎都是和她们学习女红、练习家事有关联的。所谓寓教育于游戏,正可以这么说。但这不是学校的教育课程,而是在旧时家庭中自然形成的。

我五岁自台湾随父母去北平,童年是在大陆北方成长的,已经是十足北方女孩子气了。我愿意从记忆中找出我童年的游乐,我的玩具和一去不回的生活。

昨天,为了给《汉声》写这篇东西,和做些实际的玩具,我跑到沅陵街去买丝线和小珠子,就像童年到北平绒线胡同的瑞玉兴去挑买丝线一样。但是想要在台北买到缠粽子用的丝绒线是不可能的了。我只好买些粗的丝线,和穿孔较大的小珠子,因为当年六岁的我,和现在六十岁的我,眼力的使用是不一样啊!

用丝线缠粽子,是旧时北方小姑娘用女红材料做的有季节性的玩具。先用硬纸做一个粽子形,然后用各色丝绒线缠绕下去。配色最使我快乐,我随心所欲地配各种颜色。粽子缠好后,下面做上穗子,也许穿上几颗珠子,全凭自己的安排。缠粽子是在端午节前很多天就开始了,到了端午节早已做好,有的送人,有的自己留着挂吊起来。同时做的还有香包,用小块红布剪成葫芦形、菱形、方形,缝成小包,里面装些香料。串起来加一个小小的粽子,挂在右襟纽襻上,走来走去,美不唧唧的。除了缠粽子以外,也还把丝绒线缠在卫生球(樟脑丸)上。总之,都成了艺术品了。

珠子,也是女孩子喜欢玩的自制玩物,它兼有女性学习做装饰品。我用记忆中的穿珠法,穿了一副指环、耳环、手环,就算是我六岁的作品吧!

挝子儿

北方的天气,四季分明。孩子们的游戏,也略有季节的和室内外的分别。当然大部分动态的在室外,静态的在室内。女孩子以女红兼游戏是在室内多,但也有动作的游戏,是在室内举行的,那就是"挝子儿"。

挝子儿的用具有多种,白果、桃核、布袋、玻璃球,都可以。但玩起来,它们的感觉不一样。白果和桃核,其硬度、弹性差不多。布袋里装的是绿豆,不是圆形固体,不能滚动,所以玩法也略有不同。玻璃球又硬、又滑，还可以跳起来，所以可以多一种玩法。

单数(五或七粒)的子儿，一把撒在桌上，桌上铺了一层织得平整的宽围巾，柔软适度。然后拿出一粒，扔上空，手随着就赶快拣上一颗，再扔一次，再拣一颗，把七颗都拣完，再撒一次，这次是同时拣两颗，再拣三颗的，最后拣全部的。这个全套做完是一个单元，做不完就输了。

女性的手比较巧于运用，当然是和幼年的游戏动作很有关系。记得读外国杂志说，有的外科医生学女人用两根针织毛线，就是为了练习手指运用的灵巧。

挝子儿，冬日玩得多，因为是在室内桌上。记得冬日在小学读书时，到了下课十分钟，男生抢着跑出教室外面野，女生赶快拿出毛线围巾铺在课桌上，挝起子儿来。

为了收集这些玩具给《汉声》，我买来一些白果，试着玩玩。结果是扔上一颗白果，老花眼和略有颤抖的手，不能很准确地同时去拣桌上的和接住空中落下来的了。很悲哀呢！

除了挝子儿，在桌上玩的，还有"弹铁蚕豆儿"。顾名思义，蚕豆名铁，是极干极硬的一种。没吃以前，先用它玩一阵吧，一把撒在桌上，在两粒之中用小指立着划过去，然后捏住大拇指和食指，大拇指放出，以其中的一粒弹另外一粒，不许碰到别的。弹好，就可以拣起一粒算胜的，再接着做下去，看看能不能把全有的都弹光算赢了。

跳绳和踢毽子

这两项游戏虽是至今存在,不分地方和季节的,但是玩具就有不同。跳绳,当然基本是麻绳,后来有童子军绳和台湾的橡皮筋。我最喜欢的,却是小时候用竹笔管穿的跳绳。放了学到琉璃厂西门一家制笔作坊,去买做笔切下约寸长的剩余竹管,其粗细是我们用写中楷字的笔。很便宜的买一大包回来,用白线绳一个个穿成一条丈长的绳。这种绳子,无论打在硬土地上、砖地上,都会发出清脆的竹管声,在游戏中也兼听悦耳的声音。

跳双绳颇不易,有韵律,快速。但是在跳绳中拣铜子儿,也不简单。把一叠铜子儿放在地上(绳子落地碰不到的地方),每跳一下,低头弯腰下去捡起一个铜子儿,看你赶不赶得上又要跳第二下?又跳,又弯腰,又伸手捡钱,虽不是激烈运动,却是全身都动的运动呢!

踢毽子是自古以来的中国游戏,这玩具羽毛是基础,但是底下的托子却因时代而不同了。在我幼年时,虽然币制已经用铜板为硬币,但是遗留下来的制钱,还有很多用处,做毽子的底托,就是最好的。方孔洞,穿过一根皮带,把羽毛捆起来,就是毽子了。

自己做毽子,也是有趣的事。用色纸剪了当羽毛,秋天的大朵菊花当羽毛,都是毽子。而记忆中有一种为儿童初步学踢毽子的,叫"踢制钱儿",两枚制钱用红头绳穿起来,刚好是小孩子的手持到脚的长度即可。小孩子提着它,一踢一踢的,制钱打着布鞋帮子,倒也很顺利。

踢毽子到学习花样儿的时候,有一个歌可以念、踢,照歌词动作：“一个毽儿，踢两瓣儿。打花鼓，绕花线儿。里踢，外拐。八仙，过海。九十九，一百。”

念完，刚好踢十下，但是踢到第五下以后，就都是"特技"了！

活玩意儿

小姑娘和年幼的男孩，到了春天养蚕，也可以算"玩"的一种吧！到了春天，孩子们来索求去年甩在纸上的蚕卵，眼看着它出了黑点，并且动着，渐渐变白，变大。于是开始找桑叶，洗桑叶，擦干，撕成小块喂蚕吃。要吐丝了，用墨盒盖，包上纸，把几条蚕放上去，让它吐丝，仔细铲除蚕屎。吐够了做成墨盒里泡墨汁用的芯子，用它写毛笔字时，心中也很亲切，因为整个的过程，都是自己做的。

最意想不到的，北平住家的孩子，还有玩"吊死鬼儿"的。吊死鬼儿，是槐树虫的别名，到了夏季，大槐树上的虫子像蚕一样，一根丝，从树上吊下来，一条条的，浅绿色。我们有时拿一个空瓶，一双筷子，就到树下去一条条地夹下来放进瓶里，待夹了满满一瓶，看它们在瓶里蠕动，是很肉麻的，但不知为什么不怕。玩够了怎么处理，现在已经忘了。

雨后院子白墙上，爬着一个浅灰色的小蜗牛，它爬过的地方，因为黏液的经过，而变成一条银亮的白线路了。你要拿下来，谁知轻轻一碰，蜗牛敏感的触角就会缩回到壳里，掉落到地上，不出来了。这时，我们就会拉出了声音唱念着：

"水牛儿——水牛儿，先出犄角后出头。你妈——你爹，给你买烧饼羊肉吃呀！……"

又在春天的市声中,有卖金鱼和蝌蚪的,蝌蚪北平人俗叫"蛤蟆骨朵儿"。花含苞未开时叫"骨朵儿",此言青蛙尚未长成之意。北平人活吞蝌蚪,认为清火。小孩子也常在卖金鱼挑子上买些蝌蚪来养,以为可以变成青蛙,其实玻璃瓶中养蝌蚪,是从来没有变成过青蛙的,但是玩活东西,总是很有意思的。

剪纸的日子

一张张四四方方彩色的电光纸,对折,对折,再对折,小小的剪子在上面运转自如地剪起各种花样。剪好了,打开来,心中真是高兴,又是一张创作,图案真美,自己欣赏好一阵子,夹在一本爸爸的厚厚的洋书里。

剪纸,并不是小学里的剪贴课,而是北方小姑娘的艺术生活之一。有时我们几个小女孩各拿了自己的一堆色纸,凑在一起剪,互相欣赏,十分心悦。

等到长大些,如果家中有了喜庆之事,像爷爷的生日,哥哥娶嫂子,到处都要贴寿字、双喜字,我们就抢不及地帮着剪,这时有创意的艺术字,就可以出现了。

1978 年 11 月

在胡同里长大

欣赏喜乐的六十多幅画北平的彩色图片，一面细读这一篇篇有趣的散文，也就一阵阵勾起我的第二故乡之思。尤其在这些画片中，很多是画到胡同风光的，使我这自小在"胡同"里长大的人，不由得看着看着图片，就回到椿树上二条、新帘子胡同、西交民巷、梁家园、南柳巷和永光寺街这些我住过的胡同里去——在北平的二十六年里，从五岁到三十一岁，我只住过两次大街，那就是虎坊桥大街和南长街。在北平一年四季的生活，在胡同里穿出穿进的，何止是"春天的胡同"（喜乐给小民画插图的书名）。北平是个四季分明的地方，不像台湾这样四季常绿，记得我的母亲生前曾讲她第一次到北平的笑话；到北平去时是二月，树还没发芽，都是干树枝子，我的母亲竟土里土气地说："怎么北京的树都死光啦！"

在干树枝上，可以**很清楚地**看见鸟巢，或者下大雪的日子，满树银白，一碰，雪花抖落下来，**冰凉地**掉在你的后脖里，小孩子都会又惊奇又高兴地缩着脖子**吱吱**叫。

冬夜的胡同里，可以听见几种叫卖声，卖半空儿花生的，卖萝卜赛梨的，卖炸豆腐开锅的。开门出去，买个叫做"心里美"的萝卜，在一盏小灯下，看卖萝卜的挑出一个绿皮红瓤的，听他用小刀劈开萝卜的清脆声，就让你满心高兴。北平俗话说："吃萝卜就热茶，气得大夫满街爬！"在一炉红火上，开水壶冒气嗡嗡地响了，吃着半空儿花生或萝卜，喝着热茶，外面也许是北风怒吼，屋里却是和谐温暖，这种情况，北平老乡都曾经历过、体验过。

夏日的胡同，最记得黄昏时光，太阳落山热气散了，孩子们放学回家。有时放了学的哥姊，要照顾小弟弟小妹妹，就大大小小的推开街门到胡同里玩。黄昏里的胡同风光，我记忆最深刻的是卖晚香玉的。把晚香玉穿成一个个花篮，再配上几朵小红花，挂在一根竹竿上，串胡同叫卖。买花的多是家庭妇女，买一只晚香玉花篮，挂在卧室里，满室生香。最使孩子们兴奋的，是"唱话匣子的"过来了，他背负着一个大喇叭，提着胜利牌俗名"话匣子"的手摇留声机，那时有几家有自备唱机的呢，所以这种租听留声机的行业，就盛行于我的幼年。唱片中，以平剧、地方戏为多，开头说着："高亭公司特请梅兰芳老板唱《贵妃醉酒》。"等语。兼也有歌曲，但最叫人兴奋的，是他送听一曲"洋人大笑"的唱片。那张唱片，从头到尾是洋人大笑，哈哈哈，嘻嘻嘻，呵呵呵，各种笑声，听的人当然也跟着大笑。这张唱片，相信许多人都听过。

胡同里虽然时有叫卖声，但是一点儿也不吵人，而且北平的叫卖声，各有其抑扬顿挫，现在回想起来，非常好听。比如夏日卖甜瓜的过来了，他撂下挑子，站在那儿，准备好了，就仰起头来，一手自耳朵后捂着，音乐般地喊着："欸——卖哎好吃得欸——苹果青的脆甜瓜咧——"他为什么半捂着耳朵,是为了当喊出去的时候,也可以收听自己的叫喊声是否够味儿吧!上午在胡同里出现的,有卖菜的,卖花的,换绿盆儿的,换取灯儿的,送水的,倒土的,掏茅房的……都是每天胡同生活的情景。

说起"换取灯儿的",使我回忆起那些背着篓筐、举步蹒跚的老妇人。她们是每天可以在胡同里看见、听见的人物之一。冬日里,她们头上戴着一个绒布或绒线帽子,手上套着露出手指的手套,来到胡同,就高喊着:"换洋取灯儿咧!换榾勒子儿啊!"

"取灯儿"就是火柴,"洋取灯儿"还是火柴,只因这玩意儿的形式是外来的,所以后来加个"洋"字。那时的洋取灯儿,多为红头儿的丹凤牌,盒外贴着砂纸,一擦就迸出火星。"榾子儿"("勒"是我加诸形容她的叫卖声)是像桂圆核一样的一种植物的实,砸碎它泡在水里,浸出黏液,凝滞如胶,是旧时妇女梳好头后搽抹的,也就是今日妇女做发后的"喷发胶"。而榾子儿液,反而不像今日发胶是有毒的化学制品,浸入头皮里有危险。无论你家搬到哪条胡同,都会有不同的"换取灯儿的"妇人,穿梭于胡同里。

"换取灯儿"的老妇人,大概只有一个命运最好的。很小就听说,那就是四大名旦尚小云的母亲,是"换取灯儿的"出身。有一年,尚小云的母亲死了,出殡时沿途有许多人看热闹,我们住在附近(当时我家住在南柳巷),得见这位老妇人的死后哀荣。在舞台上婀娜多姿的尚小云,重孝服上是一个连片胡子脸(旧时孝子在居丧六十天里不能刮胡子)。胡同里的人都指点着说,那是一个怎样的孝子,并且说死者是一个怎样出身的有后福的老太太。

在三十年代小说里,也有一篇描写一个"换取灯儿的"妇人的恋爱故事,那就是许地山(落华生)所写的短篇小说《春桃》,是我记忆深刻,而且非常欣赏的小说,它感人至深。主角"春桃"是一个很可爱的不识字的旧女子。《春桃》一开头儿,就描写的是北平的胡同景色:

这年的夏天分外地热。街上的灯虽然亮了,胡同口那卖酸梅汤的还像唱梨花鼓的姑娘耍着他的铜碗。一个背着一大篓字纸的妇人从他面前走过,在破草帽底下虽看不清她的脸,当她与卖酸梅汤的打招呼时,却可以理会她有满口雪白的牙齿。她背上担负得很重,甚至不能把腰挺直,只如骆驼一样,庄严地一步一步踱到自己门口。

再说到北平的交通工具,穿梭于大街上、胡同里的,也多是洋车;洋车就是人力车,这个"洋"是代表东洋日本,因为它最早是从日本传入的。洋车在胡同出入,不会碰到在胡同玩耍的孩子,跑得慢嘛!北平因为是方方正正的城,如果偶有斜巷,就会取名斜街,如杨梅竹斜街、王广福斜街、东斜街、西斜街、上斜街、下斜街、白米斜街……所以拉洋车的如果要转弯,就叫"东去!""西去!"而不是像现在所说"左转!""右转!"要下车叫停,也是吩咐:"路南到了"、"路北下车"等语。

喜乐所画的胡同风光,是画的典型当年北平胡同和谐生活的真实情景。胡同里不管是大宅门儿、小住家儿,生活得都很安静,因为北平人的生活，步调一向不快。胡同里的宅墙，该修该补该见新的，也都年年做，所以虽属小门户，在胡同里看下去，也是整整齐齐的。

1985 年 5 月

家住书坊边

琉璃厂、厂甸、海王村公园

每看到有人写北平的琉璃厂——厂甸——海王村公园时,别提多亲切,脑中就会浮起那地方的情景,暖流透过全身,那一带的街道立刻涌向眼前。我住在这附近多年,从孩提时代到成年。不管在阳光下,在寒风中,也无论到什么地方——出门或回家,几乎都要先经过这条自有清一代到民国而续延二百年至今不衰的北平文化名街——琉璃厂。我家曾有三次住在琉璃厂这一带:椿树上二条、南柳巷和永光寺街。还有曾住过的虎坊桥和梁家园,也属大琉璃厂的范围内。

琉璃厂西头俗称厂西门,名称的由来是因为有一座铁制的牌楼,上面镶着"琉璃厂西门"几个大字,就设立在琉璃厂西头上。在铁牌楼下路北,有一家羊肉床子和一家制造毛笔的作坊,我对它们的印象特深,因为我每天早上路过羊肉床子到师大附小上学去时,门口正在大宰活羊,血淋淋的一头羊,白羊毛上染满了红血,已经断了气躺在街面的土地上,走过时不免心惊绕道而行;但下午放学回来时,却是香喷喷的烧羊肉已经煮好了。我喜欢在下午吃一套芝麻酱烧饼夹烧羊肉,再就着喝一瓶玉泉山的汽水,清晨那头被宰割的羔羊,早就忘在一边儿了。至于毛笔作坊,是在一家大门进去右手屋子里。以为我是去买毛笔吗?才不是,我是去买被截下来寸长的废笔管,很便宜,都是做小女生的买卖。手抱着一大包笔管,回家来一节节穿进一长条结实的丝绳上成了一条竹跳绳。竹跳绳打在地上发出清脆的声音,增加跳绳的情趣。不过竹管被用力地甩在地上,日久会裂断,就得再补些穿上去。

放学回家,过了厂西门再向前走一小段,就到了雷万春堂阿胶鹿茸店所在地的鹿犄角胡同了;迎面的玻璃橱窗里,摆着一对极大的鹿犄角,是这家卖鹿茸阿胶的标本展示。店里常年坐着一两位穿长袍的老者,我看这对鹿犄角和老者有二十多年了。看见鹿犄角向左转(北平话应当说"往南拐"),先看见井窝子(拙著《城南旧事》写我童年故事的主要背景),就到了我最早在北京的住家椿树上二条了。

文人爱提琉璃厂,因为它是文化之街,自明清以来,不知有多少文人的笔下都写到琉璃厂;小孩子或妇女爱提厂甸,因为"逛厂甸儿"是北平过年时类似庙会的去处。厂甸是在东西琉璃厂交界叫做"海王村公园"的那块地方;说公园,其实是一处周围有一转圈房子的院落而已。院子中有荷花池、假山石,但是平日并没有人来逛。公园有一面临南新华街,这倒是一条学校街,师范大学(早年的京师学堂,后来成为全国第一座国立的师范大学)和师大附小面对地把着马路两边,师大附中则在厂甸后面。这条包含了新旧书籍、笔墨纸砚、碑帖字画、金石雕刻、文玩古董的文化街,再加上大、中、小学校,更增加古城的文化气息,我有幸在北平成长的二十五年间,倒有将近二十年是住在这条全国闻名的文化街附近,我对这条街虽然非常非常地熟识,可惜不学如我,连一点古文化气息都没熏陶出来!

我的公公夏仁虎(号枝巢)先生在他的《旧京琐记》一书中开头就说"余以戊戌通籍京朝",我也可以说我是"五岁进京"吧!先母告诉我进京经过是这样的:

一九二二年三月初,我随父母自台湾老家搭乘日本轮船"大洋丸"去上海。在大洋丸上遇见了连雅堂先生夫妇,母亲说他们可能是到日本去看博览会。当时的情形是这样,母亲晕船,整天躺在房舱里,我则常到甲板上跑来跑去,连雅堂先生看见我这个同乡小孩,便跟我说话,因而认识了我的父母。他知道我们要到北京去,还建议说,到北京该去琉璃厂刻个图章,那是最好的地方。这样说来,我们在大洋丸上就先知道北京有个琉璃厂了。怪有趣,也有缘。

刚到北京,临时住在珠市口一家叫"谦安栈"的客栈,旁边是有名的第一舞台(第一次看京戏就在第一舞台,那是一场义务戏,包罗全北京的名伶,李万春那时是有名的童伶)。不久我们就搬到椿树上二条,开始了我在北京接受全盘中国教育。

一个大雨天,叔叔带我去考师大附小,我无论怎么淘气,还是一个很怕考试的小女孩。就在一排教室楼的楼下考到楼上。一间一间教室走进去、走出来,到每一个讲桌前停下来,等待老师问你什么(例如认颜色),要你做什么(例如把不同形状的木制模型嵌进同形的凹洞里),为了试耳音,老师紧握双手,伸开距离两耳各一尺的地方,要考生指出那一边有手表秒针走的声音,我一一通过,当然考取了,就在这北京城有名的"厂甸附小"读了六年,打下我受教育的好基础。

每天早上吃一套烧饼油条,背了书包走出椿树上二条的家门,出了胡同口,看见井窝子,看见鹿犄角,看见大宰活羊,再走过一整条的西琉璃厂,看见街两边的老书铺、新书店、南纸店、裱画铺、古玩店、笔墨店、墨盒店、刻字铺等等。我是一个接受新式小学完全教育的小孩,在这条古文化街过来过去二十多年,文人学者所写旧书铺的那种情调气氛及认识,我几乎一点儿也没有沾过。

附小的大门进来,操场左边是一二年级教室,然后一年年教室向里升进去。学校是以大礼堂隔开前后操场和年级进度。穿过礼堂豁然开朗的是大操场,全校如有朝会、运动会都是在这大操场上举行。大操场右面大楼就是我入学考试的大楼了,它也是四年级以上的教室楼。操场顶头有一排平房,是图书室和缝纫教室。到了三年级女生就要学缝纫,男生则是在前院的工作室学锯木板、钉钉子什么的。

胖胖的郑老师教我们缝纫。开始学直针缝、倒针缝,然后是学做手绢,锁狗牙边儿,再下去是学做蒲包鞋,钉亮片,绣十字线……成绩好的作品还锁在玻璃柜里展览呢!但是我最爱的却是这间兼图书室的架上所陈列的书本。这些课外读物给我印象深刻的是商务印书馆所出版林琴南翻译的世界名著。我们今天仍沿用的西洋名著的书名,大都还用林译书名,尤其是一些名著改编电影在中国上演,皆采用林译书名为电影名,如《茶花女》《黑奴吁天录》《块肉余生记》《劫后英雄传》《双城记》《基度山恩仇记》《侠隐记》等等,皆非原著之名,而是林琴南给起的。大家都知道林氏并不谙英文,有笑话说,他在英文"beautiful"一字旁,注谐音为"冰糖葫芦"。他也不逐字逐句译书,他依据口述者口述,再自己编写成浅显文言,所以每书皆不厚。我读小学三四年级时,林译小说还在盛行,我们那小图书室就可借阅。我囫囵吞枣,竟也似懂非懂地读了不少林译。没想到我这个尚未接触中国新文艺的小学生,竟先读了西洋小说,这也真是怪事了。

公公所著《旧京琐记》,有数处地方写到琉璃厂,他曾写说:

……琉璃厂是书画、古玩商铺萃集之所。其掌各铺者,目录之学与鉴别之精,往往有过于士夫。余卜居其间,恒谓此中市侩亦带数分书卷气。盖皆能识字,亦彬彬有礼。……

先翁所说"余卜居其间",是因夫婿夏家数十年居于城南,两屋皆在琉璃厂一带。早年是住在南新华街师大旁边一胡同叫"安平里"的,听外子说,后墙外就是师大的后操场,他的四哥亦师大学生,常常走捷径翻过矮墙到师大去上课,就不走师大正门了。后迁厂西门下去一些的永光寺街,老太爷出出入入当然也是经过琉璃厂这条街了。

又曾读过近人所写一文,也是谈到琉璃厂旧书店的情调:

……当你踱进一家湫暗低陋的书肆门限时,穿着土布制成的长袍宽袖旧式服装,手里拿着白铜的水烟袋的老主人赔着笑容,打着呵欠迎你出来。在那种静穆的空气笼罩下,四围尽是些"满目琳琅"的画册,伸手从架上抽出一部经书翻翻,放下再找一套说部读读,看完篇论文,又寻段话诗的。真是但觉宇宙之大,也不过包综于这几万卷线装书里面而已,便不由得使你忘了一切身边的琐事,而感到一种莫可言传的趣味,这里竟想不出一个适当的名词来说明这种趣味,姑且叫它做"诗意"吧……

逛逛湫暗的旧书铺,竟有诗意之感,我是没有体验过,印象中只觉得长年里这种旧书铺或古玩铺,静悄悄的,极少有顾客盈门的情形。北平对古玩店有句俗语说:"三年不开张,开张吃三年。"就是这种情形吧!在这条街上,胡开文、贺连青、李玉田的湖笔徽墨,荣宝斋、清秘阁的字画纸张,倒是有去购买的经验。小学时候,二年级就习写毛笔字,去琉璃厂买一个小小的白铜墨盒,上面刻着山水画,买来后,请母亲用毛线钩一个墨盒套。有习字的日子,就提着小墨盒上学去。在九宫格的毛边纸习字簿上,照柳公权的字帖春蚓秋蛇的涂写一番。柳字细巧,本是适合女孩子练字的,叔叔给我买的这本柳公权玄秘塔字帖,我可也习写了好多年呢!夏秋之季每天守着春蚕吐丝，就是为了用丝棉做墨盒芯子。把一块"天然如意"的墨条用棉纸包裹上，再熔蜡油滴满包纸上，是为了巩固墨条不致断裂。耐心而有趣地磨了浓浓的墨汁，注入墨盒里。我爱用七紫三羊毫毛笔，蘸着完全自己调制的墨汁，写出来的字虽不怎么样，兴趣却浓。这些都是求之于琉璃厂的。

磨墨一事是中国人读书生活中不可缺少的，我婚后常常看见公公在书房里，他的爱妾曼姬正据桌安坐，弯着胳臂一圈一圈有规律地运作着，给老太爷磨墨呢！唯有这时他们是和谐的，安详的，他们一定有宇宙虽大，却只有他俩的感觉吧。记得某年过年，老太爷不怕忌讳，竟用一幅故宫流落出来的灰色宣纸写下——

老思无病福
饥吃卖文钱

这样的对子作为开春执笔。这副对联裱好后，挂在他们的书房里。它一直是我喜爱的，曾想问老人家可否送给我这第六房儿媳妇留以为纪念，一直未出口，如今只留下记忆了。我又记得我返台见到先父的启蒙学生吴浊流先生，他屡次对我说，他八岁受教于先父，常在放学后到老师的单人宿舍里，为老师研墨、拉纸，看老师写字。他曾把这深刻的、亲切的印象，写在他的禁书《无花果》里。

说到纸，也是琉璃厂的产物，前面所说我初习字用毛边纸的习字簿，当然用不着到荣宝斋、清秘阁这类讲究大店去买，但长大后却喜爱到荣宝斋去选购一些彩色木板水印笺纸，我买来并非用它来写信，我哪里舍得，也没那么风雅，只是喜爱它，当做艺术品那样的欣赏保留。记得有一套是齐白石的写意小品，鱼、虾、螃蟹等等，印在笺纸的左下角上，别提多雅致了。印制木板水印笺纸，是荣宝斋的一项专门技术，听说他们近年来更发展成把古今名画亦以木板套色水印方式复制了。去年在香港，金东方妹送了我一锦盒装的"萝轩变古笺谱"，是上海博物馆出品，仿古宣纸笺是那样的古朴可爱。萝轩笺谱原有近二百幅，是明代天启年间吴发祥制作，这套只选了八面，印制在信笺的中央，其雕镂极细巧，在简练的运笔下，刻出花篮、竹石、孤雁、花卉、书架、花鹿等，以两色设色，简单中的古朴精雅，我抚摸把玩，不由得想起年轻时到琉璃厂买这类文物的"附庸风雅"的心情了！

在琉璃厂过来过去的二十多年中，还能记忆的是路南的有正书局，每年阴历大年初一，店面玻璃窗中贴满了中国古典小说如《三国演义》等的绣像全图，好像看连环图画，也是小孩子所喜欢的。琉璃厂古文物商店的匾额也颇有其特性，题额者多为书法家，在我印象中有姚华（茫父）、张伯英、陆润庠、翁同龢、张海若、祝椿年等，其他记不起来了，但是他们各为谁家题的匾额，已不复记忆。

书店（不是旧书铺）给我更快乐的还是琉璃厂那几家新式书店——商务印书馆、中华书局、北新书局、现代书局。在小学时，每学期开学，拿着书单要到商务和中华去买教科书，是我最快乐的事。商务很大，台阶上去，有左右两个大门，进去后，是一条宽敞走廊，第二道门是转门，起码在六十年前他们就有了转门，可见其洋了。再进去左右是高高的柜台,我形容其高,是因为我是个小女生,柜台要仰望之,我伸长手臂把书单递上去,店员配了书,算了账,跟我要了书款,然后就有一个空中缆绳系着一个盒子,把书单和书款放入盒内弹到账台那边,等一下再弹回来。这样店员就不必一趟趟往账台跑。小小心里觉得这书店好神气,在这样的书店买了书真高兴。有时放学回家路过商务的时候,也会跑上台阶,从这门进去,穿过走廊,再从那门出来,小小的我就这样走走,也满心高兴。中华书局则在商务斜对面,只是一栋平房,气派小多了。除了教科书以外,在小学生时期,曾有多年订阅中华的《小朋友》半月刊和商务的《儿童世界》杂志,那是我课外的精神食粮。记得《小朋友》上曾连载王人路翻译的《鳄鱼家庭》,是我爱读的小说,王人路是电影明星王人美的哥哥,当年写译过许多给小朋友阅读的作品。

北新书局(路北)和现代书局(路南),则是我上了中学以后在琉璃厂吸收新文艺读物的地方。我小学毕业后父亲过世,母亲是旧式妇女,识字不多,上无兄姊,我是老大,读什么书考什么学校都要我自己做主,培养我读书(不是教科书)的兴趣,可以说"家住书坊边"——琉璃厂给我的影响不小。现代书局是施蛰存一些人办的,以"现代"面貌出现,我订了一份《现代》杂志,去看书买书的时候,还跟书局里的店员谈小说、新诗什么的,觉得自己很有文艺气息了!

如果厂甸用"逛"的,那就不是专属于文人雅士了;逛厂甸儿一年只有两次,就是新历年和旧历年的时候。厂甸的范围原属海王村公园一带，但北伐以前的北京时代，其热闹繁盛要延长东西南北数方里；一整条新华街，北起和平门脸儿，南达虎坊桥大街；还有整条东西琉璃厂，刚好形成十字形。海王村公园里面，摆了几百个摊子，玩具、饮食、玉器等等各有其集中点。这是给儿童及一般家庭妇女逛的。据齐如山先生说，典型的中国制玩具有几百种，过年时候就会全部在厂甸出现了。记得早上起来，在家里就可以听到胡同里赶早班逛厂甸的儿童买的风车、噗噗登玩具，一路风吹、人吹，呱呱山响。饮食摊位则在海王村门口两旁及后面，而海王村里面中央在"北京"时代则搭起一高台子，设许多茶座，是为了逛厂甸的文人雅士携眷或携妓来居高临下风光一番的。这到北伐以后就没有了。先翁曾做《厂甸新春竹枝词》，就是描写当年这种"逛"厂甸的情形。

至于厂甸新春的旧书摊及画棚子，是设在贯通南、北新华街整条大马路上，大画棚子多在师大门口一排，对面附小门前则是旧书摊，都各延伸数里长。文人学者们逛旧书摊，费一上午或一下午是不够的，总要天天来、上下午都来。琉璃厂的旧书铺也在此设临时书摊，但是贵重的绝版古书，当然还得请你到铺里去看了。画棚里的字画，我始终不懂，只是看热闹罢了。但记得那里有很多董其昌、郑板桥的字，八大山人的画，后来才知道，假的多。

在北平居住的二十五年间，不管是否住在琉璃厂附近，都一样几乎每天到琉璃厂这一带来。读附小二年级时，我家搬到和平门里的新帘子胡同，每天得坐车绕顺治门走顺城街到附小上学，但不久开辟一座和平门,打通南北新华街。记得正在动工的时候,也可以从一垛垛的土堆上走过去,觉得非常新奇有趣。从新帘子胡同又搬到虎坊桥大街,这次到南新华街南头儿了,上下学也是得走新华街、厂甸到附小。后来又搬到西交民巷,虽非琉璃厂区,但小学还没毕业,还是得每天到厂甸上学。父亲病重时,我家住在梁家园,父亲去世后,就搬到南柳巷,婚后夫家在永光寺街,全属琉璃厂区。最后几年住在中山公园旁的南长街时,我在师大图书馆工作,仍是每天到厂甸来上班,还是没离开琉璃厂。

琉璃厂——厂甸——海王村公园,对于自幼年成长到成年的我,是个重要的地方。长于斯,学于斯,却是个"家住书坊边,不知书坊事"的人,很惭愧。没有学出什么,只怪自己的兴趣太广,只好从虚荣心上讲,有些得意罢了!

1986 年 1 月 14 日

骑毛驴儿逛白云观

很久不去想北平了,因为回忆的味道有时很苦。我的朋友琦君却说:"如果不教我回忆,我宁可放下这支笔!"因此编辑先生就趁年打劫,各处拉人写回忆稿。她知道我在北平住的时候,年年正月要骑毛驴儿逛一趟白云观,就以此为题,让我写写白云观。

白云观事实上没有什么可逛的,我每年去的主要的目的是过过骑毛驴儿的瘾。在北方常见的动物里,小毛驴儿和骆驼,是使我最有好感的。北方的乡下人,无论男女都会骑驴,因为它是主要的交通工具。我弟弟的奶妈的丈夫,年年骑了小毛驴儿来我家,给我们带了他的乡下的名产醉枣来,换了奶妈这一年的工钱回去。我的弟弟在奶妈的抚育下一年年地长大了,奶妈却在这些年里连续失去了她自己的一儿一女。她最后终于骑着小毛驴儿被丈夫接回乡下去了,所以我想起小毛驴儿,总会想起那些没有消息的故人。

骑毛驴儿上白云观也许是比较有趣的回忆,让我先说说白云观是个什么地方。

白云观是个道教的庙宇,在北平西便门外二十里的地方。白云观的建筑据说在元太祖时代就有,那时叫太极宫,后来改名长春宫,里面供了一位邱真人塑像,他的号就叫长春子。这位真人据说很有道行,无论有关政治,或日常生活各方面,曾给元太祖很多很好的意见。那时元太祖正在征西,天天打仗,他就对元太祖说,想要统一天下,是不能以杀人为手段的。元太祖问他治国的方法,他说要以敬天爱民为本。又问他长生的方法,他说以清心寡欲为最要紧。元太祖听了很高兴,赐号"神仙",封为"太宗师",请他住在太极宫里,掌管天下的道教。据说他活到八十岁才成仙而去。在白云观里,邱真人的像是白皙无须眉。

现在再说说我怎么骑小驴儿逛白云观。

白云观随时可去,但是不到大年下,谁也不去赶热闹。到了正月,北平的宣武门脸儿,就聚集了许多赶着小毛驴儿的乡下人。毛驴儿这时也过新年,它的主人把它打扮得脖子上挂一串铃子,两只驴耳朵上套着彩色的装饰,驴背上铺着厚厚的垫子,挂着脚镫子。技术好的客人,专挑那调皮的小驴儿,跑起来才够刺激。我虽然也喜欢一点刺激,但是我的骑术不佳,所以总是挑老实的骑。同时不肯让驴儿撒开地跑,却要驴夫紧跟着我。小驴儿再老实,也有它的好胜心,看见同伴们都飞奔而去,它也不肯落后,于是开始在后面快步跑。我起初还拉着缰绳,"嘚嘚嘚"地乱喊一阵,好像很神气。渐渐地不安于鞍,不由得叫喊起来。虽然赶脚的安慰我说:"您放心,它跑得再稳不过。"但是还是要他帮着把驴拉着。碰上了我这样的客人,连驴夫都觉得没光彩,因为他失去表演快驴的机会。

到了白云观,付了驴夫钱,便随着逛庙的人潮往里走。白云观,当年也许香火兴旺过,但是到了几百年后的民国,虽然名气很大,但是建筑已经很旧,谈不上庄严壮丽了。在那大门的石墙上,刻着一个小猴儿,进去的游客,都要用手去摸一摸那石猴儿,据说是为新正的吉利。那石猴儿被千千万万人摸过,黑脏油亮,不知藏了多少细菌,真够恶心的!

进了大门的院子,要经过一道小石桥,白云观的精华,就全在这座石桥洞里了。原来下面桥洞里盘腿坐着一位纹风不动的老道,面前挂着一个数尺直径的大制钱,钱的方洞中间再悬一个铜铃。游客用当时通用的铜币向铜铃扔打,说是如果打中了会交好运,这叫做"打金钱眼"。但是你打中的机会,是太少太少了。所以只听见铜子儿叮叮当当纷纷落在桥底。老道的这种敛钱的方法,也真够巧妙的了。

打完金钱眼,再向里走,院子里有各式各样的地摊儿,最多的是"套圈儿",这个游戏像打金钱眼一样,一个个藤圈儿扔出去,什么也套不着,白花钱。最实惠的还是到小食摊儿上去吃点什么。灌肠、油茶,都是热食物,骑驴吸了一肚子凉风,吃点热东西最舒服。

最后是到后面小院子里的老人堂去参观,几间房里的炕上,盘腿坐着几位七老八十的老道。旁边另有仿佛今天我们观光术语说的"导游"的老道,在报着他们的岁数,八十四,九十六,一百零二,游客听了肃然起敬,有当场掏出敬老金的。这似乎是告诉游人,信了道教就会长生,但是看见他们奄奄一息的样子,又使人感到生趣索然了。

白云观庙会在正月十八"会神仙"的节目完了以后,就明年见了。"神仙"怎么个会法,因为我只骑过毛驴儿而没会过神仙,所以也就无从说起了!

1966 年 1 月

英子的乡恋

第一信　给祖父

英子十四岁

亲爱的祖父：

　　当你接到爸爸病故的电报，一定很难受的。您有四个儿子，却死去了三个，而爸爸又是死在万里迢迢的异乡。我提起笔来，眼泪已经滴满了信纸。妈妈现在又躺在床上哭，小弟弟和小妹妹们站在床边莫名其妙是怎么回事。

　　以后您再也看不见爸爸的信了，写信的责任全要交给我了。爸爸在病中的时候就常常对我说，他如果死了的话，我应当帮助软弱的妈妈照管一切。我从来没有想到爸爸会死，也从来没有想到我有这样大的责任。亲爱的祖父，爸爸死后，只剩下妈妈带着我们七个姐弟们。北平这地方您是知道的，我们虽有不少好朋友，却没亲戚，实在孤单得很，祖父您还要时常来信指导我们一切。

　　妈妈命我禀告祖父，爸爸已经在死后第二天火葬了，第三天我们去拾骨灰，放在一个方形木匣内，现在放在家里祭供，一直到把他带回故乡去安葬。因为爸爸说,一定要使他回到故乡。

第二信　给祖父

英子十四岁

亲爱的祖父:

您的来信收到了,看见您颤抖的笔迹,我回想起当五年以前,您和祖母来北平的情况,那时候小叔还没有被日本人害死,我们这一大家人是多么快乐!您的胡须,您的咳嗽的声音,您每天长时间坐在桌前的书写,都好像是昨天的事。如今呢?只剩下可怜孤单的我们!

您来信说要我们做"归乡之计",我和妈妈商量又商量,妈妈是没有一定主张的,最后我们还是决定了暂时不回去。亲爱的祖父,您一定很着急又生气吧?禀告您,我们的意见,看您觉得怎么样。

我现在已经读到中学二年级了,弟弟和妹妹也都在小学各班读书,如果回家乡去,我们读书就成了问题。我们不愿意失学,但是我们也不能半路插进读日本书的学校。而且,自从小叔在大连被日本人害死在监狱以后,我永远不能忘记,痛恨着害死亲爱的叔叔的那个国家。还有爸爸的病,也是自从到大连收拾小叔的遗体回来以后,才厉害起来的。爸爸曾经给您写过一封很长很长的信,报告叔叔的事,我记得他写了很多个夜晚,还大口吐着血的。而且爸爸也曾经对我说过,当祖父年轻的时候,日本人刚来到台湾,祖父也曾经对日本人反抗过呢!所以,我是不愿意回去读那种学校的,更不愿意弟弟妹妹从无知的幼年,就受那种教育的。妈妈没有意见，她说如果我们不愿意回家乡，她就和我们在这里呆下去，只是要得到祖父的同意。亲爱的祖父，您一定会原谅我们的，我们会很勇敢地生活下去。就是希望祖父常常来信，那么我们就如同祖父常在我们的身边一样的安心了。

妈妈非常思念故乡，她常常说，我们的外婆一定很盼望她回去，但是她还是依着我们的意思留下来了，妈妈是这样的善良！

第三信　给堂兄阿烈

英子十六岁

阿烈哥哥：

自从哥哥回故乡以后，我们这里寂寞了许多。我和弟弟妹妹打开了地图，数着哥哥的旅程，现在该是上了基隆的岸吧？我们日日听着绿衣邮差的叩门声，希望带来哥哥的信，说些故乡的风光！您走的时候，这里树叶已经落光了，送您到车站，冷得发抖，天气冷，心情也冷。您自己走了，又带走了爸爸的骨箱。去年死去了四妹，又死去了小弟，在爸爸死去的两年后，我们失去了这样多的亲人。算起来，现在剩下我们姐弟五个和可怜的妈妈。送哥哥走了以后，回到家里来，妈妈说天气太冷了，可以烧起洋炉子来，虽然屋子立刻变暖，可是少了哥哥您，就冷落了许多。您每天晚上为我们讲的《基度山恩仇记》还没有讲完呢！许多个晚上，我们就是打开地图，看看那一块小小地方的故乡。

妈妈一边向炉中添煤，一边告诉我们说：故乡还是穿单衣的时候。是么哥哥？那么您的棉袍到了基隆岂不是要脱掉了吗？妈妈又说，故乡的树叶是从来不会变黄、变枯，而落得光光的；水也不会结冰，长年的流着。椰子树像一把大鸡毛掸子；玉兰树像这里的洋槐一样地普遍；一品红也不像这里可怜地栽在小花盆里，在过年的时候才露一露；还有女人们光着脚穿着拖板，可以到处去做客，还有，还有……故乡的一切真是这样地有趣吗？您怎么不快写信来讲给我们听呢？

妈妈说，要哥哥设法寄这几样东西：新竹白粉、茶叶、李咸和龙眼干。后面几项是我们几个人要的，把李咸再用糖腌渍起来的那种酸、甜、咸的味道，我们说着就要流口水啦！妈妈说，故乡还有许多好吃的东西，在这里是吃不到的，最后妈妈说："我们还是回台湾怎么样？"我们停止了说笑声，不言语了，回台湾，这对于我们岂不是梦吗？

第四信　给堂兄阿烈

英子十七岁

阿烈哥哥：

您的来信给我们带来了最不幸的消息——亲爱的祖父的死。失去祖父和失去父亲一样的使我们痛苦，在这世界上，我们好像更孤零无所依靠了。北方的春天虽然顶可爱，但是因为失去了祖父，春天变得无味了！有一本祖父用朱笔圈过的《随园诗话》，还躺在书桌的抽屉里。我接到哥哥的信，不由得把书拿出来看看，祖父的音貌宛在，就是早祖父而去的父亲、小弟、四妹，也一起涌上了心头。我常常想，这些事情都不是真的——失去了许多亲人。我在小小年纪便负起没有想到过的责任；生活在没有亲族和无所依赖的异乡，但摆在面前的这一切，却都是真的呢！我每一想到不知要付出多少勇气，才能应付这无根的浮萍似的漂泊异乡的日子时，就会不寒而栗。我有时也想，还是回到那遥远的可爱的家乡去，赖在哥哥们的身旁吧，但是再一念及我和弟妹们的受教育问题，便打消了回故乡的念头。我们现在是失去了故乡，但是回到故乡，我们便失去了祖国。想来想去，还是宁可失去故乡，让可爱的故乡埋在我的心底，却不要做一个无国籍的孩子。

昨天我在音乐课上学了一首《念故乡》的歌，别人唱这个歌时无动于衷，我却流着心泪。回到家里，我唱了又唱，唱了又唱。弟弟还说："姐姐干吗唱得那么惨！"可爱无知的弟弟哟！你再长大些，就知道我们失去故乡的痛苦的滋味，是和别人不同的。

您问我们这个新年是如何度过的，还不是和往年一样，把几个无家可归的游魂邀到家里来共度佳节，今年有张君和李君，他们三杯酒下肚，又和妈妈谈起家乡风光来了。这一顿饭直吃得杯盘狼藉，李君醉醺醺地说："回去吧，英子！回去吃拔仔，回去吃猪公肉！"哥哥，他们的醉话和我的梦话差不多吧！我曾听张君说过的，他们如果回去的话，前脚上了基隆的岸，后脚就会被警察带去尝铁窗风味呢！但是我知道，他们思念家乡比我还要痛苦的！我虽然这样热爱故乡，但是回忆起来，却是一片空白。故乡是怎样的面貌啊！我在小小的五岁时就离开她，我对她是这样地熟悉，又这样地陌生啊！

上次给哥哥寄去的照片，您说有一位同村的阿婆竟也认出说：

"这是英子!"我太开心了,我太开心了,我居然还没有被故乡忘掉吗?让我为那位可爱的阿婆祝福,希望在她的有生之年,我们有见面的一天吧!

第五信　给堂兄阿烈

英子二十八岁

阿烈哥哥:

给您写这封信是怀着怎样的心情,真是形容不出来!哥哥,您还认得出妹妹的笔迹吗?自从故乡大地震的那一次,您写信告诉我们说,家人已无家可归,暂住在搭的帐篷里,算来已经十年不通信了。这十年中,您会以为我忘记故乡了吗?实在是失乡的痛苦与日俱增,岁岁月月都像是在期待什么,又像是无依无靠无奈何。但是真正可期待的日子终于到临。八月十五日的中午,所有的日本人都跪下来,听他们的"天皇"广播出来的降书。我在工作了四年的藏书楼上,脸贴着玻璃窗向外看,心中却起伏着不知怎样形容的心情,只觉得万波倾荡,把我的思潮带到远远的天边,又回到近近的眼前!喜怒哀乐,融成一片!哥哥,您虽和我们隔着千山万水,这种滋味却该是同样的吧?这是包着空间和时间的梦觉!

让我来告诉哥哥一个最好的消息,就是我们就预备还乡了。从一无所知的童年时代,到儿女环膝地做了母亲,这些失乡的岁月,是怎样挨过来的?雷马克说:"没有根而生存,是需要勇气的!"我们受了多少委屈,都单单是为了热爱故乡,热爱祖国,这一切都不要说了吧,这一切都譬如是昨天死去的吧,让我们从今抬起头来,生活在一个有家、有国、有根、有底的日子里!

哥哥您知道吗?最小的妹妹已经亭亭玉立了,我们五个之中,三个已为人妻母,两个浴在爱河里。妈妈仍不见老,人家说年龄在妈妈身上是不留痕迹的!而我们也听说哥哥有了四千金,大家见面都要装得老练些啊!

妹妹和弟弟有无限的惆怅,当他们决定回到陌生的故乡,却又怕不知道故乡如何接待这一群流浪者,够温暖吗?足以浸沁孤儿般的涸干吗?

哥哥,千言万语,不知从何说起,您就准备着欢迎我们吧!对了,您还要告诉认识英子的那位阿婆(相信她还健在)英子还乡的消息吧,我要她领着我去到我童年玩耍的每一个地方,我要温习儿时的梦。好在这一切都不忙的,我会在故乡长久、长久、长久地呆下去,有的是时间去补偿我二十多年间的乡恋。哥哥,为我吻一下故乡的泥土吧!再会,再会,再会的日子是这样的近了!

[后记]《英子的乡恋》是我在一九五一年三月写的,到如今刚好十三个年头儿了!日子有飞逝的感觉。这几封信虽不一定每封都是真的写过的,但却是我当时真实的心情和真实的生活情景。写时倾泻了我的全部的情感,因此自己特别珍爱这篇小文。也许别人读了无动于衷,那倒也没有什么关系。

先祖父林台(号云阁)先生在世时,是头份地方上受人尊敬的长者,做过头份的区长。他在世时,每年回一次祖籍广东蕉岭。我们过海台湾已经有五六代了。先父林焕文先生是先祖父的长子,他毕业于日据时代的普通话学校师范部,精通中日文。毕业后曾执教于新埔公学校,因此台湾文艺社的社长吴浊流先生做过先父的学生。现在吴先生六十多岁了,还在热心地提倡文艺,先父却在四十四岁的英年因肺疾逝世于故都北平。吴先生讲起受教于先父的日子时,热泪盈眶。他说那时他才不过十一岁,如今记忆犹新。他说先父风流潇洒,写得一笔好字,当先父写字的时候,吴先生常在一旁拉纸,因此先父就也写了一幅《滕王阁序》送给他。五十年了,当然这幅字没有了,记忆却永留,这不就够了么!

先父后来到板桥的林本源那里做事,我母亲是板桥人,所以他娶了母亲。他后来到日本大阪去,在那里生下了我。我的母亲告诉我,我们从日本回台湾时,我三岁,满嘴日本话。在家乡头份,我很快学会说客家话,不久,先父到北京去,我跟着母亲回她的娘家板桥,我又学说闽南话。然后,五岁到北京(我所以说北京,因为那时是1923、1924年,还叫北京)。据母亲告诉我,我当时的语言紊乱极了,用日本话、客家话、闽南话、北平话表达意见。最后,很快的,就剩了一种纯正的语言——北平话。我现在只能听懂和说极少的客家话,虽能说全部的闽南话,但是外省朋友听了说:"你的台湾话我听得懂!"本省朋友听了说:"你是哪里人,高雄吗?"这是因为高雄地区的闽南话比较硬的原故吧!而且闽南话系有七声,北平话只有四声,用四声去说七声的话,所以有荒腔走板的毛病。

文中阿烈哥哥是我的堂兄林汀烈先生。当年先父要他到北平去读书,他却一心一意地爱上了戏剧学校,他想去考,先父不答应。戏剧学校虽然没进成,却自己学会了一手好胡琴。我曾跟他开玩笑说:"你如果当年真进了戏剧学校,跟宋德珠、关德咸他们是同辈,说不定你林德烈真成了名须生呢!"阿烈哥哥是个老实人,他在光复初任职于中广公司,后来回家乡,现任职于头份镇公所。

我的第二故乡是北平,我在那里几乎住了一个世纪的四分之一。因此除了语言以外,我也有十足的北平味儿,有些地方甚至"比北平人还北平"。

文中提到的小叔,是我最小的叔叔林炳文先生。他当年和朝鲜的抗日分子同在大连被日本人捉到,被毒死在监狱里。先父去收尸回来,才吐血发肺疾。小叔最疼爱我,我在北平考小学是他带我去的,第一次临柳公权玄秘塔的字帖,是他给我买的。我现在每次回头份时,小婶见了我,触动她的伤心事,总要哭一哭。

我现在很怀念第二故乡北平,我不敢想什么时候才再见到熟悉的城墙,琉璃瓦,泥泞的小胡同,刺人的西北风,绵绵的白雪……既然不敢想,就停下笔不要想了吧!

1964 年 4 月

访母校·忆儿时

我的小学母校是在大陆的北平,地址在和平门外厂甸,简称厂甸师大附小。北平的师范大学,有附属中学和附属小学,在同一社区,是文化古都北平有名的校区。我第一次返第二故乡北平,访母校附小是一九九〇年五月的事。一群夏家的子侄陪我一道去,因为他们也都是附小毕业的,就连他们的子女,现在也都在附小读书,是一家三代的母校了。

校园还是老样子,大校门进去,是环抱两条斜坡的路,因为校园比大街高出许多。上了坡,眼前显现的是广大校园前部,一年级的教室仍在左手边!脑海里立刻浮现出下雨天我上课迟到,爸爸给我送衣服来的情景,那已经是六十多年前的事了。前方对面望去,有一排房子,当年是专为男生上课的劳作教室。旁边还有两个窗口的房子,是排队买早点烧饼麻花(即油条)的地方。

我记得我的门牙掉了,吃起东西来抿着嘴,吃烧饼麻花也一样,又难看又不舒服。北平的小孩子掉了门牙,大人见了常会开玩笑说:"吃切糕不给钱,卖切糕的把你门牙摘啦?"切糕是一种用黄糯米粉和红枣、芸豆、白糖蒸出来的糕,像我们台湾的萝卜糕一样大,人人都爱吃。

从校园向右往里走,经过二年级教室、花圃,穿过大礼堂、音乐教室,豁然一亮,就到了大操场和右手一排依旧是临街墙的老楼房教室,操场也还和从前一样,有滑梯、秋千、转塔等。想到我那时从前面的一二年级升到后面的三四年级,升高长大,心中好不得意。转塔、秋千、滑梯是我的"最爱"!

进到楼房廊下,看见一间教室的外墙上,钉着一个牌子,上面横写着三行字:

邓颖超同志
一九二〇年至一九二一年
曾在此教室任教

看起来很亲切,可见他们对邓颖超女士的敬重。她是周恩来的夫人,一对模范夫妇,他们生活俭朴,一向喜爱收养抚育孤儿,非常有爱心,所以受人敬重。前些时(7月11日)邓女士以八十八高龄于久病后故去,我们也一样地悼念她。

校园没有变动,这栋楼房也是我在三四年级上了两年课的地方。上下课的时候,钟声一响,群生奔向楼梯,木板被踩得咚咚响,我现在还好像听到吵人的声音。

校园的最后面,也就是楼房的右边,原有一排矮屋,是缝纫教室和图书室,但是现在却没有,太陈旧矮小被拆除了吧!但是我在这儿却有着难忘的生活。女生到了三年级就要到这间教室学针线。这屋里有两张长桌和一排靠墙的玻璃橱,橱里摆着我们的成绩——钩边的手绢、蒲包式婴儿鞋、十字刺绣等等。教室的另一头是图书室,书架上是《小朋友》、《儿童世界》杂志,居然还有很多商务印书馆出版的林纾、魏易用浅近的文言所翻译的世界名著,像《基度山恩仇记》、《二孤女》、《块肉余生记》、《劫后英雄传》等等,我都囫囵吞枣地读过,可见得,当我白话文还没学好的时候,已经先读文言的世界名著了,奇怪不奇怪!

在后面绕了一圈,又回到前院去,到我二年级的教室前拍了一照,因为它仍是当年我上课的教室,没有变动。我忽想起我上二年级的糗事,算术开始学乘法,我怎么也不会进位,居然被级任王老师用藤教鞭打了几下手心,到今天还觉得羞愧脸热。

今天走到这儿,拍了照,我忽然对晚辈讲起这些糗事并且笑说:"是不是我也可以在教室外挂一个牌子,上面写:**林海音同学一九二五年至一九二六年曾在此教室挨揍。**"

子侄们听了大笑!

五六年级的教室,就在二年级教室的东面。我们升入六年级的第一天,下午下课前,新级任李尚之老师,指定几个男同学,要他们下了课留在教室,先不要回家。大家疑心重重,不知道是什么事要他们留下来,打扫教室?挂贴画表?功课不好需要补习?

有一些好事的同学便也留下来不回家,躲到离教室远远的角落看动静。

第二天，你们猜是怎么回事？

好事听动静的同学告诉我们了。原来昨天教室门关起来以后，只听见李老师叫那几个男同学一字排列，严辞厉色地说，他知道他们几个人在五年级时是班上闹得不像话、又不用功的学生——五年级的钱老师是个老秀才，是好人，但是管不住学生，我就是从钱老师班升上来的，所以我知道——现在到了李老师班上。李老师说到这儿便拿起了藤教鞭，"咻！咻！"两下子，接着说："到了我这班上，可没这么便宜！"便接着在每人身上抽了几下，几个出名的坏学生，便闪呀躲呀的，可也躲不及，只好乖乖地各挨了一顿揍。

"你们怎么知道？不是教室关紧了吗？"我们女同学问。

"趴在门窗缝看见、听见了呀！"淘气的男同学扮着鬼脸说。

"也欠揍！"我也不客气地撇嘴对男生说。

小学的最后一年，在李尚之老师的教导下，我们成了优秀和模范班。矮矮胖胖、皮肤黝黑的李老师，是河北省人（附小的老师几乎都是河北省人），他虽严厉，但教课讲解仔细，也爱护我们，我们实实在在地受益不少。这一年中也有不少学生（男生最多）挨了揍，但是我们不觉得有什么不妥当，和现在有的老师拿打人出气是截然不同的。

我在附小记忆中的**老师像教**舞蹈体育的韩荔媛老师，教缝纫的郑老师，二年级级任王老师，五年级级任钱老师（他的名字是钱贯一，反过来念就是"一贯钱"啦！）都是一生难忘的。

我们附小主任是韩道之先生，他是韩荔媛老师的父亲。记得上三年级的时候，有一天他召集全校女生到大礼堂去听他训话，他发表谈话说，我们身体发肤受之父母，所以不可毁伤的伦理观念，劝大家不要随时髦剪掉辫子。因为那时正是新文化运动，西洋的各种风气东来，一股热潮，不但文化、衣着、生活上的种种习俗都改变了，剪辫子留短发也是女学生(甚至我母亲那样的旧式家庭妇女)的新潮流。韩主任的一番大道理，谁听得下去，过不久还不是十个女生有九个剪掉黄毛小辫儿，都成了短发齐耳了。我当然也是。

前面我说过，我们的缝纫教室也是学校图书室，我喜欢看书架上的杂志《小朋友》和《儿童世界》。《小朋友》是中华书局出的，《儿童世界》是商务印书馆出的。《小朋友》的创办人有一位是黎锦晖先生，他对中国的音乐教育太有贡献，我们是中国新文化开始后第一代接受西洋式的新教育，音乐、体育、美术，都是新的，我们小学生，几乎人人都学的是黎先生编剧作曲的歌剧，像《麻雀与小孩》(太有名啦!)、《小小画家》、《葡萄仙子》、《可怜的秋香》、《月明之夜》，哪一个不是小朋友们所喜欢、所唱过的哪!他办的《小朋友》杂志是周刊，每到星期六，我就等着爸爸从邮局(他在北平的邮局工作)提早把《小朋友》带回来。上面我爱看"鳄鱼家庭"，还有王人路(他是电影明星王人美的哥哥)的翻译作品。记得有一期登了一篇小说，说是一个王子慈善心肠，他走在路上很小心，低头看见地上有蚂蚁就踮着脚尖走，不愿踩到蚂蚁，这给我的印象很深，我虽然是任意走路的人，但是真的低头看见蚂蚁，也会不由得躲开走呢!这都是受了《小朋友》上小说的影响吧!

等我长大了，进了中学，当然满心阅读新文艺作品和翻译的西洋作品，《小朋友》就不知道什么时候从我的读书生活中消失了。

今年的暮春五月，我们一群儿童文学工作者到上海、北平、天津去和大陆上的同好者开会，热闹极了，亲热极了。我在会场上认识了许多人，重要的是在上海的会中，桂文亚给我介绍了今年八十六岁的陈伯吹老先生，他一生至今都是从事儿童文学工作，写作、编辑或教书。他虽是快九十岁的人了，但健康的气色、红润的肤色、亲切的谈吐，都使人有沐浴春风的感觉。大家都很敬重他，我也一样，给他拍了照片。

这时台北的陈木城过来了，他说："来，林先生和七十岁的《小朋友》合拍一张。"原来他拿来的是一本《小朋友》创刊七十周年纪念号，全书彩色，虽然是二十四面薄薄的一本，但七十岁可是个长寿呀！算起来这位"小朋友"还比我小，我们都这么健康，我虽然这么大岁数，也没有失掉孩子气，我愿意像陈伯吹先生一样，一生都要分出时间来为孩子们不断地写！

1992 年 7 月

我的京味儿回忆录

故居何处？

自从开放到大陆探亲以后，亲友见了我，都会问我，是否要到大陆去探访亲友故旧和故居，我笑笑摇摇头，谢谢他们的关心，我告诉他们，一时尚无此打算。十年以来，已经辗转和大陆亲友通了信，近二三年更在港和我唯一留在大陆的三妹母女及外子承楗的幺妹、妹夫见过面，也时常通信。在美的晚辈——儿子、媳妇、女婿、侄子也都去过大陆，见过家人了，每个家人亲友的状况大概知道，也就不忙在一时去相见。至于地方，我常笑对此地的亲友说："北平连城墙都没了，我回去看什么？"正如吾友侯榕生十年前返大陆探亲，回来写的文章中一句我记得最清楚、也颇同感的话，她说："我的城墙呢？"短短五个字，我读了差点儿哭出来。

但是近来却因此一热门儿话题，使得北京的景色、童年、人物，扑面而来，环绕着我，不知道回忆哪一桩好了。过去的写作，无论小说、散文的内容，也无论文字的运用，总是"京味儿"的居多，在那儿住了二十六年了嘛！这次正要把这一类的作品，尚未结集的，出一专集,想着还有许多记忆深刻的没有记出来,就打算再写一次打总儿的,但是从何说起呢?我的晚辈以及在大陆的亲友,曾经把我住过的街道、故居、我的母校等拍了照片寄给我,虽然有的已经无从确认,却也给了我许多回忆。有一位表弟读到我作品中所写到的街道、商号等,竟去寻找拍了照片寄给我看,真使我感谢又感动。那么我何不就从我在北京——北平——北京——北平——所居住过的地方:珠市口——椿树上二条——新帘子胡同——虎坊桥——西交民巷——梁家园——南柳巷——永光寺街——南长街的顺序以杂忆方式记录下来呢!

珠市口

一九二二年父亲在北京安顿好了他的职业,便回台湾来接母亲和我到北京去,那时我五岁,穿着小和服。当时暂住西珠市口的谦安客栈,这种客栈可久居、暂居,可单身或携眷。珠市口分东西,以正阳门大街为界,是当时很繁华热闹的市区,因为当时北京是首都,北伐尚未成功。北京城方方正正,城分内外,一切繁华都在正阳门以南的外城,所以饭店、戏院、大商号、八大胡同妓院都在前门(即正阳门)外一带。

我们所暂住的谦安栈,旁边就是北京著名的第一舞台,我赶上看一次北京的大义务戏,什么都不记得,只记得有一童伶武生李万春。在台湾跟他的小弟弟李环春谈起来,环春说:"您看我大哥戏的时候,我还不知道在哪儿呢!"意思就是说,他还没出生呢!

从谦安栈向西走下去,就是虎坊桥、骡马市,是南城的热闹大街。珠市口向南去,离城南游艺园、天桥、天坛等地不远,附近则是八大胡同——妓院的集中地,白天冷冷清清,华灯初上,每家妓院照得像白昼一样,妓女的名牌都挂出来,镜框里用彩色小灯泡缀着黛玉、绿珠、翠环等花名。这时全城已静,只有八大胡同门前是车水马龙,停满了点着四个倍儿亮车灯的自用洋车,那都是当时北洋政府时代的达官显要所有。高级的妓院叫"清吟小班",大都是苏州人,"二等茶室"则是北地胭脂了。到了北伐成功,迁都南京,八大胡同有名无实,完全成了历史名词了。

椿树上二条

在谦安栈暂住不久,就搬到椿树上二条了。这是我在北京生长、生活起步的第一个居家。其实这是永春会馆的后进,正门在椿树上头条,这里另开一个后门出进,中间隔着一个大院子,院子里有一棵槐树,到了夏天槐树开花,唧鸟(蝉)叫,树上挂吊下来许多像蚕一样的槐树虫,俗称吊死鬼;淡淡绿像槐树花一样的颜色。它也是我的第一种大自然玩具。预备一个玻璃瓶,一双筷子,把吊死鬼夹下来放进瓶子里观赏。看那蠕动的一群,实在肉麻,不知为什么我们小孩子会喜欢这样的玩意儿?

在椿树上二条,开始了我成为一个北京小姑娘的生活,我开始穿着打了皮头儿的布鞋,开始穿袜子,开始喝豆汁儿,开始吃涮羊肉(都是我母亲捏着鼻子一辈子不曾入口的),也开始上师大附小一年级,ㄅ、ㄆ、ㄇ、ㄈ,接受全盘的中国新教育了。

当然,父亲也开始严格地管教我,不许我迟到,不许我坐洋车上学。清晨起来,母亲给我扎紧了狗尾巴一般的小黄辫子,斜背着黄色布制上面有"书包"二字的书包,走出家门。胡同有小黑狗紧追我两步,老怕它咬我脚后跟。走出椿树上二条,穿过横胡同,走一段鹿犄角胡同,到了西琉璃厂,首先看见的就是羊肉床子大宰活羊血淋淋的倒在门口,心惊肉跳地闪避着走过去,到了厂甸向北拐走一段就是面对师大的附小了。在晨曦中我感觉快乐、温暖,但是第一次父亲放我自己走去学校,我是多么害怕。我知道必须努力地走下去,这是父亲给我的人生第一个教育,事事要学着"自个儿"。

在椿树上二条,母亲又给我带来了三妹燕珠和弟弟燕生,弟弟的来到,是林家的喜事,因为我有两位异母姐姐和二妹留在台湾,这时我父亲已有五个女儿,这弟弟来到人间是很重要的。凡是我母亲在北京生的孩子,名字上都有一个"燕"字。

我在《城南旧事》写作中重要的人物——宋妈,也在弟弟出生后来做他的奶妈。

那时候家中的日常用品,常常都是到下斜街的土地庙去买,庙会的日子好像是逢三吧。我随母亲、宋妈去土地庙,她们买家用品,笤帚、畚箕什么的,我就吃灌肠、扒糕(至今想起那食物还要流口水),不然就是玩那永远连个小泥狗都套不着的套圈儿游戏。

这时家中由三口变成六口了,椿树上二条一溜三间的房子,似乎不够住了,父亲就托送信的邮差给找房子,因为父亲这时已经在北京邮政总局工作了。在这以前他是在日本人办的日文报纸京津日日新闻工作。

新帘子胡同

　　新帘子胡同是在内城,刚搬去的时候,我到厂甸上学,必须沿着顺城街走出顺治门(也叫宣武门),再走西河沿到学校,这时路途远,不能走路上学了,于是就包了洋车每天接送我。但是过不久,就在正阳门和宣武门之间开了一个新城门,那就是最早叫兴华门,后来叫和平门的。城墙还没开好,人是可以走路通过了,这给了小学生我一个大乐趣,每天上学走过拆城墙所堆集的城砖土堆,崎岖不平地走来跳去,有一种小心、选择、完成的不畏艰难感吧!我喜欢每天走出所居住的和平门里新帘子胡同,走一段大街,穿过和平门,就到了南新华街的学校,再也不要坐洋车绕宣武门了。

　　新帘子胡同的家因为在胡同尽头,是个死胡同,所以很安静,每天在我放学后撂下书包,就跟宋妈带着弟弟妹妹到大街上看热闹,或者在我放学回来时,宋妈和弟、妹已经站在门口儿"卖呆儿"等着我了。

　　宋妈在门口儿,都是拿了小板凳,并不是人家描写北平大姑娘站在门口儿"卖呆儿"的那种样子。小板凳不止一个,因为弟弟、妹妹也要坐,宋妈教弟弟妹妹念歌谣,看见我回来,他们就会冲着我念:"拉大锯,扯大锯,姥姥家门口唱大戏。先搭棚,后结彩,羊肉包子朝上摆。接姑娘,请女婿,小外孙也要去。人家姑娘都来到,我的姑娘还没来。说着说着就来了,骑着驴,打着伞,光着屁股,挽个髻。"

我们到大街上看热闹,因为北京如有大出殡,这儿也常是必经之路。出殡的行列能有几里长,足够你看上两小时的。

虎坊桥

在北京的居所,只有两次住大街的,谦安客栈不算,虎坊桥是叫大街,南长街是大街,西交民巷则比街小,比胡同大。虎坊桥是我成长中最难忘的地方,这时我的二妹也从台湾送到北京来,而我母亲又在虎坊桥生了四妹、五妹,家里人口旺,虎坊桥大街上也多彩多姿,我在《城南旧事》和其他短篇怀念中,都有以此地为背景,或者专文记载。我的二妹来时已八岁,该入小学二年级了,但是她因言语不通,没读过书,所以插入隔壁的第八小学(后来叫虎坊桥小学)一年级。有一天她放学回来,对母亲说:"老师叫我明天拿孔子公去。"母亲纳闷,怎么叫做拿孔子公去呢?原来老师是叫拿通知簿去,她以台语谐音听成孔子公。她所以知道孔子公,是因为台湾亦尊孔,管孔子叫孔子公的。

虎坊桥的这所三进大房子,原来是广东的蕉岭会馆,我林家是七代以前从广东蕉岭移居台湾头份,祖父生前还每年返蕉岭拜祖祠,因此父亲在北京也就跟客家人很熟,租了蕉岭会馆全馆。北京各省会馆很多,都是清朝各地上京赶考学子所居住的,民国以后没有考举之事,会馆里虽然仍住有各省学生,也有很多租给人住家,以便有收入作管理会馆的费用。

父亲爱漂亮、清洁,把蕉岭会馆油刷整理一新,那时父亲交游广,家里人口多,我们已有六姐弟,再加车夫、宋妈及另一奶妈,家里就有十一口人了。周末总是有客人来玩，母亲每天多是到广安门大街的广安市场去买菜，鱼虾就到西河沿去买。春天门口有挑担或推车专卖黄花鱼、对虾的，青菜则有整辆车的红梗绿菠菜。清末皇族趣谈，说西太后逃难在外，乡下没得可吃，某日御厨上来了一道菜。西太后在她那宫里每天一百八十道菜中从没见过，吃起来倒不难吃，便问这是什么菜，御厨思索了一下，找了句吉祥好听的，便说："太后老佛爷，这是金镶白玉板红嘴绿鹦哥哪！"原来只是油煎豆腐烧菠菜，就是这种红绿相映的菠菜。

我住虎坊桥，已经上三、四年级了，每日仍是走读，这次和住新帘子胡同相反方向。上学是由虎坊桥大街走到京华印书馆向北转走一条南新华街，经过臧家桥、大小沙土园等路口，到了厂甸、海王村直走下去，就是附小了。记得沙土园口上有一家蜀珍号，专卖干货的，他们自制辣萝卜干，颜色红白相映，辣乎乎的，好吃极了，我常常买了一包，没等到家就在路上打开捏一根、一根地吃。又有一家小南方饭馆，中午不愿回家吃饭，就在这饭馆吃霉干菜肉末包子，每次只是吃三大枚或加叫一碗汤共五大枚，而且不用付现款，记在一个小摺子上，每月算账。

这时是北伐"闹革命"的时候，也是新文化运动、妇女解放运动到了极致的时候，许多女孩子剪了辫子了，在我附小也每天看见有新剪发的同学。附小韩主任禁不住召集全校同学到大礼堂，说明"身体发肤受之父母不可毁伤"的大道理，但时潮扑来，拦不住了，我也剪了发，虽胆战心惊的，还好父亲看见了，没讲什么。但是制服的问题，却很严重，使我痛苦极了，这时我们又搬家了。

西交民巷

知道北京东交民巷的人，都知道那是使馆区。西交民巷没有东交民巷那么漂亮，但因为是银行区，所以也很整洁，我家对面就是中国银行，父亲叫我到日本正金银行去取款，是在东交民巷。我小小年纪，手捏着银行存款簿，也捏着一把汗。父亲叫我去取"金叁拾圆也"，是有意训练我吗？我自此不得不凡事努力以赴，父亲老早离开我们，亏得我这做大姐的受了父亲的严格训练，也不知天高地厚，什么都不怕地硬闯。

说到制服，我们学校原是穿中式右大襟衣裙或大褂儿。新潮来，学校改制服样式了，是连衣裙翻领的，质料仍是月白竹布。我的父亲真不讲理，他说穿这样差的料子和样式像外国乞丐，非叫我仍穿中式竹布大褂儿不可。制服怎么能不穿呢！母亲也怕父亲，她出个主意，每天让我把制服穿在里面，外套竹布大褂儿，到了学校，我就先脱了大褂儿叠好放在传达室，才去教室上课，放学时再到传达室套上大褂儿。这样有多久，我已经不记得了。

宋妈常常带了弟弟、妹妹，端了小板凳到对面中国银行的树阴下去坐，等着我和二妹放学回来。这时二妹还在虎坊桥的第八小学。我们每天都要穿过和平门，我先到附小，她再一直走下南新华街，到了虎坊桥大街东拐走一段就到了。

我们的隔壁是一位回教的外科大夫赵炳南挂牌行医，父亲跟他成了街坊朋友。记得我家有一架手摇的日本小留声机，小小的唱片，唱出来的是日本童歌《桃太郎》什么的，赵大夫觉得有趣，还借去听来着。后来我们搬离了西交民巷,他也搬到对面一所平房。我所以对他有深刻印象,是我的五妹燕玢有一年脸上敏感长满了疙瘩,西医无法,就到赵炳南那儿去治疗,涂了他给的药膏(小扁盒装),很快起了一层痂,掉了后就是一张漂亮白净的小脸蛋儿了。又多年后,焯儿三岁得疝气,小儿科麻大夫最后要给动手术了,我很担心。那天早上,上麻大夫诊所经过西交民巷,看见赵炳南的牌子,我忽然灵机一动,停车下来问门口儿挂号的,治不治疝气。他很和气地说:"倒是也有人来治过。"我就带进去给赵大夫看,并且告诉他,我们曾是街坊的事。他听了很高兴,给了仍是小扁盒的药膏。肿胀存水的疝气,果然不数次就消肿痊愈了,因而对赵炳南的印象很深。

若干年前(有十多年了)在海外看到一篇报道,赵炳南已成为大陆的名医,不再是一般人叫他是"瞧疙瘩的"了。他所治的疑难之症,不光是像我妹妹满脸疙瘩或者我儿子的小肠疝气,什么鼠疮、湿疥、挖子弹……各种怪病他都治好过。他出生在一个糕饼店的工人家庭,十四岁的时候在北京的一家德善医室当学徒,每天工作二十小时。有一天他在制膏药,一边用棍子搅油膏,一边打瞌睡,一只手不小心插进了滚烫的油膏锅里,手上的皮整个烫脱掉了,疼得他无法忍受,只好拿些冰片撒在上面。谁知老板看见了,夺过冰片,还揍了他一顿。可能受了这刺激,他在小小年纪便努力钻研,终于掌握了一些外科疗术技巧。老年后还出版了一本《赵炳南临床经验》的三十万字大书。

我在西交民巷住的时候,念小学五年级了。某年家旁的房子,白粉门墙上忽然发现了"福音堂"三个字,每个周末,像上课一样,洋人传道。我的父亲要我去听,他以为也许可以学点儿英语吧!其实我是喜欢那儿发的画片,英语一个字儿也没学过,倒是学会了这样的歌:"耶稣爱我真不错,因有圣书告诉我,凡小孩子都牧羊……"

街头上也常常来一队救世军的传教人,就在中国银行门前空地上,他们也是洋鬼子,穿着救世军的灰色制服,紫红色的领子上有"救世军"三个字。听见他们用的乐器(摇鼓)一响,各家的小孩都往外跑,围着他们看热闹、听传教,谁真的去信教哪!

这时我的父亲却因肺病住了医院,他住过德国医院、日华同仁医院。在我们又搬到梁家园的时候去世。

梁家园

梁家园的家是两层楼,这在北京南城是较少见的。出了南口是热闹的骡马市大街,购日常用品很方便,著名的店如佛照楼、亿丰祥、西鹤年堂都在这一带。北口外对面就是十九小学(后来叫梁家园小学),我的二、三妹及弟弟都入这间小学,出入真是方便极了。我记得在房顶平台上就可以眺望教室前的大操场。可惜的是父亲这时已病重,终于在东单三条的日华同仁医院以四十四岁的英年去世。父亲临死前遗命要火化,骨灰带回台湾。而且他还嘱咐说,骨灰盒不能随便放在行李箱里,一定要手捧着。父亲在日本火葬场火化,日本和尚念的经。但在做七的时候,是用北京规矩,烧的纸糊冥器楼船人物等。从此以后,我们便在并非陌生的异乡北平和寡母相依为命过日子。

父亲去世后，祖父曾来数信要我们回台湾，我才念初一，首先就不肯，我说我才不回去念日本书！名字中带有"燕"字的弟弟、妹妹们，更是对台湾一无所知，而母亲，我知道她在北京过了这么多年自由自在的日子，她是台北板桥人，是讲闽南话的，父亲是头份客家大家庭，母亲在客家村里过了两年吃力的儿媳妇的日子，她是放足，个子矮小，也要背着孩子轮流上灶台，怎能跟那些大脚片子的婶母、姑母们比，她怎么愿意回去呢！好了，我这大女儿这么一说，她也就顺从我们，正乐得不回去了。

南柳巷

既如此，为了生活的节省，就搬到南柳巷五十五号的晋江会馆，不必付租金的房子。我们虽非晋江人，但是母亲的祖先却是福建同安移民到台湾的。

在北平我们认识的朋友、同乡，说闽南话的，比客家人为多，所以生活虽较艰苦，却不寂寞，我们姐妹多，每天上下学绕着母亲过日子，她为我们洗衣煮饭，烧我们爱吃的饭菜。

她的菜式是台湾菜、客家菜，许多青菜如韭菜、莴笋叶、菠菜什么的，都用开水烫了蘸日本万字酱油。她也善烧五柳鱼，青蒜烧五花肉、炒猪肝、猪心、姜丝炒猪肺等等，原来都是台式或客家菜。我却另有一套北京吃儿，当然以面食为主，饺子、馅饼、韭菜篓、抻条炸酱面、薄饼卷大葱、炒韭黄豆芽菜什么的。在这样的饮食爱好下，我从小就学着帮宋妈擀皮包饺子，用炙炉烙盒子。喜欢做是因为爱吃嘛！

说到吃，我倒要"插播"一下，住西交民巷的时候，每天中午回家吃饭，看见饭好了，菜可还没炒，就急得跳脚，怕下午上学迟到。母亲就拿炼好的猪油和日本万字酱油浇在热腾腾的京西稻煮的饭里，吃起来是甘、甜、香，别提多好吃啦。可是半年下来，我们上学的孩子，脸蛋儿就都胖嘟嘟地滚圆起来。

入中学正是发育成长期，我又好吃，自己倒也有几样怪异的食谱：

汽水泡饭。夏季里打开一瓶冰镇的玉泉山汽水，倒入热饭里，好像汤泡饭似的，吃起来非常爽凉。

茶泡饭就酱萝卜。六必居、天源或铁门，都是北平出名的酱园。母亲说我喜欢这样吃，是因为小时候在日本吃"御茶渍"吃的，日本人常吃茶泡饭，日本的酱菜叫"福神渍"的，配着吃也是很清爽的。一直到现在，我还是喜欢吃茶泡饭就酱瓜，就这样也能当做一顿饭。

烧饼夹烧羊肉就酸梅汤。夏季的下午四五点，每家羊肉床子都会烧一锅五香羊肉，香气四溢。这时放学，肚子有点饿，买烧羊肉夹在刚出炉的烧饼里，旁边如有干果店，就来一碗冰镇酸梅汤，热烧饼羊肉就冰凉酸梅汤，现在想着还是流口水。我想起现在我为什么喜欢吃洋玩意儿叫"潜水艇"的，把法国长面包烤好剖开，夹入烤牛肉或鲔鱼或火腿，再一些生菜、洋葱等，配一瓶可口可乐，意思是一样的啊！

烧饼油条夹泡菜。这是吃早点的，热芝麻酱烧饼夹刚炸的油条，再夹入一些酸辣泡菜，另有一番味道。

自从我们决定不回台湾老家以后，我当然就一天天地成了林怀民所形容的我："台湾姑娘，而有北京规矩。"饮食、语言，我都是京味儿了。闽南话虽然说，但是变成了"北京台语"。

就在我家斜对面，是名为"永兴寺"却看不出庙样儿的房子，俗名儿叫南柳巷"报房"。它在北平在报业史上却是得写上一笔的，因为永兴寺成了北平报纸的派报处，每早四五点，天还没亮，所有批卖报纸的都集中在此。就在我家墙外，一片吵噪之声，因为他们就蹲在墙根儿等报。卖杏仁茶的挑子也来了，冬境天儿，北平人习惯早上喝碗杏仁茶，热乎乎的，取暖。等到各报馆把报纸送来了，又得吵噪一阵，因为先批买了报，先送、先吆唤、先卖钱呀！

北平街头的吆唤，是抑扬顿挫，各有其妙语及悦耳之声。报纸本来不是街头小吃，也没有敲梆子打锣，或以藤棍击其所卖之器，像卖缸瓦瓷器的敲缸瓦瓷，焊洋铁壶的敲铁壶，收旧货的打洋钱大的小皮鼓，磨刀的打一串穿连的铁片。受小朋友欢迎的是"打糖锣儿的"，他的小木槌打在小铜锣上，清亮的锣声没几响，小朋友就都从小宅门儿跑出来啦！围着挑子，看上面有百十样儿好吃、好玩、好看的东西，如果蛋皮、酸枣面儿、青杏儿蘸蜜、彩色玻璃珠串、小泥人儿、汽水球、香烟洋画儿、贴纸画儿、小玻璃戒指、手镯等等。没有钱的小孩儿站在挑子边，以羡慕的眼光看这看那，拿起这看看，问价儿，捏起那看看，问价儿。打糖锣儿的，早就知道谁手里捏着钱，谁一个子儿也没有，就瞪眼哏哆说："少动！回家拿钱去！"看，多么伤小孩子自尊啊！

至于卖小报儿、晚报的,说相声的曾这样形容他们的吆唤:"快买份儿群强报看咧!看这个大姑娘女学生上了新闻喽!"北平的小报,如小实报、群强报、时言报等,上面连载小说特多,看小报是市民的消遣,时局紧张变化多的时候,则是晚报的销路好。

南柳巷是个四通八达的胡同,出北口儿,是琉璃厂西门,我的文化区;要买书籍、笔墨纸砚都在这儿。我在《家住书坊边》,曾详细描述过,现在,我不但是家住书坊边,而且是"家住报房边"了。出南柳巷南口儿,是接西草厂、魏染胡同、孙公园的交叉口,是我的日常生活区;烧饼麻花儿、羊肉包子、油盐店、羊肉床子、猪肉杠、小药铺,甚至洗澡堂子、当铺、冥衣铺等等都有,是解决这一带住家的每日生活所需。出西草厂就是宣武门大街,我的初中母校春明女中就在这条大街上。

春明女中是福州人办的私立女校,学生人数不多,所以全校同学几乎都彼此认识。因为在南城,是京剧演艺人员住家地方,所以有一些和京剧有关的子女,以及演话剧电影的,都在这儿上学。比如话剧电影明星白杨(学生时代名叫杨君莉)比我低一班,北平学生流行演话剧,学生话剧运动开会,我曾和白杨代表学校去参加。她和她姊姊当时住在西城一个公寓里。她皮肤白皙,眼睛灵活,笑口常开,很可爱。老生余叔岩的两个女儿慧文、慧清,和我同班,是好友。她们的功课棒极了,慧文后来读医,慧清学财商,生活保守,父亲不许她们听戏,更别说唱两句了。言慧珠也在本校,比我低很多班,所以没见过。

南柳巷也是在我一生居住中占有重要意义的地方,时间又长,从我在无父后的十年成长过程中,经过读书、就业、结婚,都是从这里出发;我的努力,我的艰苦,我的快乐,我的忧伤……包含了种种情绪,有一点,我们有一个和谐的、相依为命的家庭,那是因为我们有一个贤良从不诉苦的母亲。

永光寺街

一九三九年我和承楹结婚,夫家住在附近的永光寺街一号,走路五分钟就到,我虽然离开了南柳巷,但那儿还是我的娘家,来往非常方便。我来到一个四十多口人的大家庭做第六个儿媳妇。这家庭的情形和生活,我在《闲庭寂寂景萧条》一文中,曾有描述。永光寺街房子是公公自宦海退休后,自己设计建造的房子,他在《枝巢记》中曾为文描述,里面提到所种植的白丁香、马樱花、葡萄架、紫藤架,我都欣赏。前两年焯儿访大陆,特回他的出生故居,想寻找爷爷、奶奶、叔伯的住屋。谁知院子里盖满了一个又一个小破厨房,住了二三十人家,哪还有白丁香、绿葡萄、红樱花、紫藤花的影子呢!这也是可以想见的。焯儿想拍一张奶奶堂屋地,竟无法拍到,惨哪!

大家庭的生活,有其好处,一九四一年我做了第一个孩子的母亲。(夏家老规矩,生了孩子满月时,要先到婆婆屋里向她叩头,并且说:"娘,给您道喜!")我那时仍然在师大图书馆工作,家里虽然有仆妇,但是我不在家时,婆婆、妯娌,都帮着照顾孩子,可以说在办公室整日伏案工作而无"后顾之忧"吧!我们这一房住在东院楼上,焯儿是个夜哭郎,住在楼下的爷爷,冬日里会夜半披衣上楼来观看。二嫂更是疼爱焯儿,她常常上楼来陪我住一两天,照顾孩子。二哥、四哥都到后方四川,二嫂和她的五个孩子从上海移来北平依大家庭住,在大家的生活都很艰苦下,她竟把还缝着五彩丝线的陪嫁缎子衣服,叫我给焯儿拆做外罩大褂。

夏日的天棚下,在堂屋里一边和婆婆话家常,一边替她搓吸水烟的纸媒儿。有时卖南货的上海人来了,挑担放在院子里,婆婆就挑买她所需的金华火腿、杭州茶叶、锡箔银纸、福建烟丝等。这种生活经历一直过到抗战胜利后,我做了两个孩子的母亲,我们才要求搬到南长街一所小三合院的房子,过独立的小家庭生活。

南长街

南长街是一条安静、美丽的大街,它是属于紫禁城区。这条大街向下走,过了西华门大街就是北长街,太监李莲英的大府第在那儿,一女中在那儿,我未曾问过家人原因,为什么这条紫禁城区的大街,会有那么一排八所小门小户的三合院呢?我们就住其中的一所,门牌二十八号。我后来猜想,这当时一定是前清在宫里当差的旗丁、车夫、厨子、小太监的住家吧!在我们家后面死胡同里有一人家,有个说话阴阳怪嗓娘娘腔的老人,据说就是个太监。可能民国后,公公把这排房子便宜买下的吧!房子虽小器,地区可好,对面就是中山公园的冰窖后门,天气好的假日,我们推了藤制小孩车,拉着大的,推着小的,四口儿过马路从冰窖门进去,就是大柏树下的那一片茶座了,柏斯馨、长美轩、春明馆,可以饮茶、吃点心、下棋,屋子里可以开画展。

南长街南口外的府右街,有私立艺文中小学,焯儿在这儿读一年级,我也在这时做了第三个孩子的母亲。我每天早上牵着焯儿的手,送他到学校,下午又去接他。站在教室窗外,看他们上最后一堂课,大概是有多余的时间,老师就让小朋友自由讲故事,焯儿有发表欲,常听他讲的,总是有"放屁"的故事。有一次竟然唱起京戏:"武家坡蹲得我两腿酸,下得坡来向前看,见一位大嫂……"窗里窗外的人都笑了,我也只好不好意思的笑吧!

这时已经是时局不安的时候了,刚一光复,台湾的家人——包括我林家和母亲简姓娘家(母亲生母家姓简,后给黄家做女儿),都不时来信要母亲返台,拖延到一九四八年下半年,才做决定。

我们在南苑上飞机,飞机在北平城绕过,最后的一瞥是协和医院的琉璃瓦屋顶。

综观我在北平住了二十六年,北京话说得嘎巴脆,七声的闽南话却是以普通话的四声来说,可谓是"京味儿台语",所以返台后人常问我:"你是高雄人吧!"

我的京味儿回忆,到此暂告一段落,写时老是想起这个那个还没写呢,其实,要撒开儿写,是没完没了的,留待日后想起什么再慢慢儿找补吧!

1987 年 12 月

我的京味儿之旅

一九六六年十月,三民书局曾为我出版《两地》一书,两地是指台湾和北平。台湾是我的故乡,北平是我成长的地方,我一辈子没离开过这两个地方。我在《自序》中曾说:

> 北平是我住了四分之一世纪的地方,读书、做事、结婚、育儿都在那儿,度过金色的年代,可以和故宫的琉璃瓦互映,因此我的文章自然离不开北平。有人说我"比北平人还北平",我觉得颂扬得体,听了十分舒服。当年我在北平的时候,常常幻想自小远离的台湾是什么样子,回到台湾,却又时时怀念北平的一切,不知现在变了多少了?总希望有一天飞机把大陆和台湾两个地方连接起来,像台北到台中那样,朝发而午至,可以常来常往,那时就不会有心悬两地的苦恼了。人生应当如此,我相信早晚会做到的……

二十七年后的今天,朝发而午至的愿望果然达到了,其实三年前的一九九〇年我初达北京,就已经是当日到达的。这次是第三次了,但前两次还到天津、上海、西安等地旅行,这次却是纯北京之旅,所以题名曰:《我的京味儿之旅》,自己很喜欢。

为了当日到达,必须到港转合适的飞机,旅行社为我安排的是乘早八时半的华航,十时半到港,再转十二时半的中国民航,下午三时就抵京了。因此在台北家中凌晨四时即起,准六时上路,何凡和吾儿夏烈伴我去桃园中正机场。今天一点儿也不塞车,不到一小时就到机场了,行李交运后,便到餐厅吃早点,准时上机。

到港后,我正在排队办理转机时,听见有人喊"林阿姨",转头找原来是长笛手小胖胖樊曼侬过来了,我很高兴,问她到哪儿去,原来她也是转机到北京,已经办好了,又指指后面说:"吴静吉也来了!"还有其他的同伴,他们也是不期而遇各有所事。孤独的旅行,变成搭了伴儿,岂不一乐事。我也告诉他们,我此番是应北京中国现代文学馆之邀,去参加11月16日该馆举办的"当代台湾著名作家代表作大系出版座谈会",也就是全套大系第一辑十卷的首发式(台湾称新书发表会)。吴静吉则是去参加一个小剧场活动的会,静吉在台近年热心于小剧场活动,两岸能彼此参考进行,也是不错的。我们期以到京有机会再联络,静吉、曼侬则建议我15号晚上可以去看"人艺"的新戏《鸟人》,据说非常好,他们也要去看,我谨记于心。

上了中国民航,在几位北京大姑娘的空中小姐服务下,我找到了座位。刚坐下,马上空中小姐的"京味儿"就出来了,只听见站我不远的小姐冲着前面喊:"行李箱子别撂着放!"她喊了两声没人理,乘客还是各自往头上的柜子塞东西。此机是波音七四七,全机满是台湾、香港的乘客,我不知道有谁听得懂她这"别摞着放"的意思(不要堆叠也)。她这时急得只好向前面跑去亲自处理了。

下午三时四十分准时到京,在台北出发时是个大晴天,到北京仍是万里无云,一点儿也不冷,我高兴极了。在机场,静吉和曼侬帮我在转盘上取了行李推出去,远远看见侄儿祖炽和中国现代文学馆的副馆长舒乙先生已经在等候。行李搬上了车,一路向属于二环地区的旅馆驶去,此地老地名是东四十条地铁口旁。我知道儿媳明祺昨天才自辽宁来京住一夜返美了,都是由炽侄接送订旅馆,我不由得向他说:"这些日子多亏你和远立(侄媳)了,送往迎来的!"他京味儿地回答我说:"没事儿!"在北京,你到处可以听到这三个字,它包含了不客气、没关系、哪里哪里等意味,我以前没说过,现在也不习惯用。我这次到京一周,外务就都由舒乙和炽侄两人安排,身边琐事则是侄媳萧远立陪我在旅馆同住来管理。他们夫妇俩都在首钢工作,远立是首钢报社的副社长,做事麻利快又能干,亏得有她陪我。

到旅馆办好了手续进房间,然后下楼到草堂茶社饮茶商量日程事。这是一家小吃风味的茶馆,草顶竹篱,装修别具风味,两位王姓经理,女经理并向我献花,连远立刚向我献的,这么会儿工夫两把漂亮鲜花了。大陆现在也很兴献花,记得十月到上海,是应首届上海国际电影节主办人之一的吴贻弓导演之邀,下了飞机,他还在门口迎接各国来宾,于是从门口起他部下小姐便一捧捧鲜花献给来宾,到了旅馆,屋里已有花束,我也闹不清那几天收了多少,别人也一样。说实话这也很累,接花、摆姿势、拍照、说客气话儿……

坐下来和舒乙安排这几天的节目,明天十四号晚,我约在京亲友餐聚,是舒乙建议在骡马市大街南来顺,他说:"离您从前老住家不远。"南来顺有多样北京风味小吃,他都一一代点了,并不要吃整桌席。我则向他说,明天十四日上午能不能安排先拜访几位老前辈:冰心女士、夏家老嫂子、胡絜青女士(老舍夫人)、萧乾文洁若夫妇。

这么说定了,我和远立回屋,打开我的箱笼,把该送人、替人带的,全都翻出来了,一下子就空了多半箱。接着给台湾家人打电话,报告平安。又给何凡要好的中、小学同学孟广俊、刘刚我等人通电,约他们明日请早。这样折腾到半夜十二点才在远立的催促下上床,她说明早八点半就要来接呢,我说无论睡多晚,我的不良习惯就是夜里四五点就醒了。

十四日凌晨起来,掀开窗帘向外看,大雾迷蒙,我对远立说,雾气弥漫的早上,表示雾散就是大晴天,这是我的"台湾经验"。但是八时半下得楼来,才发觉天气冷飕飕,细雨绵绵。衣服穿少了,却还相信等下会雾散天开呢!就这么哆嗦着上了车,还好车上有暖气。先到冰心女士的家,她家住民族学院多年,去早了些,舒乙说我们在车里坐十分钟,到时再上去;在车里等待时间时,我倒想起了一件往事,五十多年前了。

我们上了楼,在她的会客室兼书房等待,今天是由她的二女婿在外语学院教书的陈恕教授前来陪伴,等了一会儿,冰心女士笑眯眯地出来了,她一向都是坐在书桌前的轮椅上接受访问、会客、写作等。她因腿疾行动不便，所以已经很多年不出门了，但是每月访问她的人不少，要求她题签、写序的事也很多，我就看见过很多经她签名、写序的书籍，成人的或儿童的。所谓一经品题身价不同吧！她很好，能答应的都不推辞。

她今年九十三岁，目明耳聪的，笔下不歇。我先向她报告了我的来历，并且送呈我的著作三本：《城南旧事》、《隔着竹帘儿看见她》、《写在风中》。她也送我一本她的近著：《关于女人和男人》，看看是今年四月才出版的，我首先获得，何其幸也。《关于女人》是她在抗战时期借"男士"这笔名写的名著，但是到后来读者也都知道实在是冰心写的了。今番又加上《关于男人》，并用冰心本名，书厚达四百多页，"我的床头书"专栏有得看啦！

我这时想起刚在车上所记忆五十多年前的往事，便向她启口问说："谢先生，我想起了一件五十多年前的往事，不知道您可有印象？那时我在北平《世界日报》做一名小小女记者，为妇女版的'时代妇女访问记'专栏到燕京大学去访问您，连载了不少天哪！"她想了想，怎样也记不起来了，但又钉着问是何年之事，我可也说不出了，只好说："是还在学校读书，做实习记者的时候，不过十七八岁吧。只记得您那时生小孩正坐月子，约的时间不到，您不见，我心里还挺别扭，先在校园里绕了两圈才访问到您。"

她一听说生小孩，便又问生哪一个？我哪儿知道哪！这时舒乙算算说，也许是一九三五年时，因为舒乙和她的二女儿是同年出生。也许是罢，我只好难为情地说，我要设法找到五十多年前的这篇访问记，如果写得还不错，就设法抄一份来。我为自己的记忆力抱歉说:"我也老了!"谁知冰心先生听了眯着眼拍拍我大笑说:"你呀!是小意思!"惹得全屋人都笑了。又提起我们访问只限半小时,该告辞了,说下面还要访问老舍夫人和萧老,谁知冰心听了又说:"什么叫萧老,才不叫!"我说:"那么加个弟字,您叫他萧老弟好了!"因为萧乾先生才八十出头。冰心又摇摇头说:"才不,我叫他小饼干!"原来萧乾的正名是萧炳乾,取其谐音也。大家听了又笑了,冰心实在是一位很有幽默感的老人,我想到读传记中说她到了十岁还穿着男孩子服装,是个淘气的女孩。到现在还是这么淘气。

正要起身告辞时,忽然桌上跳来了一只大白猫,吓了我一跳。他们说这是冰心所饲养的一只爱抢镜头的北京长毛猫,如果客人来了半天没理它,它就不客气地跳来抢镜头。它已经猫龄十岁,那就是我们人类的八十岁了。大家都以为它是一只波斯猫,其实不是,冰心还为它写过一篇小稿,其中说此猫蓝色眼珠,浑身雪白但身上有两块黑球,尾巴也是黑的,有个俗名叫"鞭打绣球",又可叫"雪中送炭"或"挂印拖枪"。冰心近年仍写作不辍,大家都知道——我们这一代年轻时都读过她的名著,温馨小文如《寄小读者》、《繁星》、《春水》等,都是歌颂大自然、吟咏赞美人类之爱的美文,七十年来她仍不断写作,近年思想趋向积极,常写些针砭时局似专栏短评的文章,更赢得社会的敬重。

短短半个多小时的冰心访问,实在不够,但很有趣。

辞出后,还是秋雨淅沥不停,赶往我夏家看老二嫂去,她也九十三岁了,同样坐上了轮椅。她虽精神很好,但记忆力稍差,一件事要问多次,比起冰心来,可差着呢!她非常疼爱我这最小弟媳妇,每次见了都搂着我掉泪,如今只剩下我们一老一小两妯娌了(夏家兄弟八人)。她是和在外语学院教书的儿子祖煃同住,去年5月何凡初访北京,到二哥家来,那时二老都瘫痪在床,二哥已在弥留状态。他们哥儿俩也有半世纪以上没见面了。谁知第三天侄媳便打电话来说,我们去的当晚二哥情形不好送医不治了。去年总算兄弟俩在半世纪后见了一面,是该满足了。

时间很赶落,我们接着该去访问老舍夫人——书画家胡絜青女士了。舒乙并告诉我:"老太太中午请您吃薄饼。""谁做呀?"我问。答曰:"我炒菜,于滨烙饼。"舒乙和于滨这对夫妇原来都是在苏联留学,同在列宁格勒林农工程学院化工系。现在于滨教授在北京林业大学林产化学教研室教水解课,而舒乙则改行投入文坛了。从老夏家出来,已经十一点过了,还得往安定门外东河沿舒家奔哪!

记得以前读许多报道,知道老舍先生夫妇都喜欢培养花木,老舍生前,有上六七百盆的珍贵品种菊花,不知现在住在公寓楼房是如何情形。及至上了楼往里走,倒也有几盆花儿草儿的,如窗台上就放着几盆特别培育的矮棵独朵大菊花,很别致,絜青女士特别指点我看,说这是很特殊的菊种。

絜青女士年近九旬了,但身子骨还挺硬朗,前一阵还由儿媳陪着亲自到湖北开画展呢!自从厮守几十年的老舍先生自沉舍身而去以后，她有儿女孙陪着，倒也还能以书画自娱自处，每天书写不辍。她本就是自幼喜爱绘画艺术的，年轻时曾从师画家杨仲子、陈半丁、于非闇、孙诵昭等，到了四十年代又正式叩拜齐白石为师，并且深得真传。她擅长的本是工笔花卉翎毛，但自师齐白石后，对于写意画也颇具齐师之传。六十年代就成为北京画院的画师，而且是一级美术师，是可称之艺术界的国之大老也。

她和儿子虽住同楼，但各据一栋，老人生活规律，子女照应得不错。她拿出了一本个人大画册《胡絜青画集》送我，是齐白石题签，印刷精美，去年才出版。她静静地跟我掀翻画册，有所询问便讲解给我听，很健谈。这时她的儿子、媳妇下厨房去了，我赶快命侄媳远立也去厨房帮忙学习一番，因为于滨所烙的薄饼，不是一般两团烫面疙瘩抹油擀的，而是一张张擀圆放进蒸笼里蒸出来的。据说胡老夫人最爱吃薄饼，其实我也一样爱吃，而且在台北我家吃薄饼在朋友间还小有名气呢。可是我烙的薄饼极粗糙，每次都是拜托潘人木这烙薄饼能手给我烙来，她烙的薄饼也是一绝，一烙就是四张，麻利快，我只知吃不问所以，到今天也闹不清她是怎么烙的。

很多卷饼菜都炒好了，我也饥肠辘辘，冷极了，总得吃点什么才能取暖，大卷其菜的吃了三卷，还喝一碗小米粥，身上才暖和起来。

吃吃说说两点到了，还得赶场去看萧乾先生。天南地北，我的城墙没了，舒家的安定门外离萧家的复兴门外，到底有多远，我也不知道，反正有车子带路呗！

打从一九八八年在韩国国际笔会与萧氏夫妇相识以来,已很熟识了,今天在他家又多一位青年朋友在座,那就是翻译凌叔华《古韵》为中文的傅光明,他这次是负责编选《当代台湾著名作家代表作大系》中彭歌的。我今天看萧氏夫妇气色都不错,他们正在努力于大部头《尤利西斯》的翻译工作,大概转年春天完成,一定是够辛苦的。我带了一本台湾九歌刚出版金隄所译的上部送他们。世界各国很多已译成了该书出版,只有中文没有,没想到这一下子倒有两种译本出笼,这也是有趣的事。

问到我们一上午都去访问过谁,谈起冰心先生,我大概用了一个"您"字,萧先生笑了,他说:"我们这儿已经没人说这个代表尊敬的字眼儿了。"我说:"在台湾一般我也不说,只是见了纯北京人,又谈到长者,我的(您)字还是不免脱口而出的。"

我因在文洁若寄我新书《梦之谷奇遇》中谈到周作人那篇文章中,见到她提到周作人的儿子周丰一之事,我不免告诉她,周丰一和何凡在三四十年代,都因喜爱玩台球(四个球红白各二,台湾叫撞球),所以常常结伴到东安市场的会贤球房去打。我的印象中,两个君子般的年轻人,总是打完到附近的小饭馆吃顿饭,各自返家。我请洁若打电话过去,看他还记得这数十年(又是半世纪)不见的老朋友何凡吗?电话拨过去了,听说他也疾病缠身,相问之下,他说出的名字竟是何凡的弟弟,那也差不多,因为他们夏家这老哥儿俩,年轻时是在各种运动场出风头的人物。

我不敢多相打扰,反正后天十六号萧先生也还要去主持新书首发会呢!他们夫妇每天分秒必争地要做翻译工作,可以想象他们的时间也是很宝贵哪!

很有趣的一件事,在我临来北京前,收到北京的中国作家协会吕洁的来信,她说又给我要来了一笔稿费,因为他们发现某出版物内印有我的作品,却未经与该会及我联络,所以她替我要来了稿费若干,问我如何处理,她不知道我近日正要去京,而且在14号的餐聚上,也请了协会的三位朋友即金坚范、张树英和吕洁。近年来,为著作权、出版权的处理,我已经跟他们成了好友。现在他们竟主动地给我处理这档子事,实在感谢,大陆现在对于版权等事也有了进步与改革,做事认真和正直,令人感佩。

十四日的餐会,是由表弟光正接我前往南来顺,进了二楼大餐厅,我的亲友们已经来了许多,我趋前跟他们搂搂抱抱,这么大冷天,人心可真暖和呀!及至到了吕洁面前,她笑眯眯地塞到我手中一个信封,我知道那是稿费啦!

客人到齐要开动的时候,我先致词一番,因为在座虽属都是我的亲友,但他们之间也还是有彼此不认识的,逢到这种场合,我最不喜欢严肃,便笑嘻嘻地说,我的亲朋好友在北京太多了,大家都要请我,试想我只来六天,怎能接受你们各个的邀请哪!所以我想了一个好主意,干脆由我这远来的客人来请诸亲朋好友,不是一样吗?这在中国有句俏皮话儿形容说:"客栈的臭虫——吃客人!"大家哄然大笑,我当年结婚的伴娘小淘气许业云举杯喊说:"臭虫我——在这儿道谢啦!"又是一阵笑。我挨桌介绍客人,到了中国作家协会金坚范和吕洁时,我说:"我们台湾经济发达,金融来往债务繁多,所以有许多讨债公司成立了。现在我在北京也有个讨债公司,主任就是吕洁小姐,专代我讨稿费之债,瞧,她刚才一进门就塞给我一个信封,债讨来啦!谢谢我的讨债主任!"哈哈哈!

南来顺是个北京风味小吃最多的地方,舒乙给点全了,各种小吃一样样上来,闹不清有多少种,当一碗热豆汁(豆汁不是豆浆)端到我面前,我眼睛睁亮了,我可有四十年以上没喝这玩意儿啦,我连喝三碗,不好意思再喝下去。想当年我五岁到京,我母亲初尝豆汁,皱着眉头捏着鼻子做欲呕状说:"怎么喝泔水!"她二十五年来都不能闻见这味道,我则应当像是咱们台湾的雀巢奶粉广告说的:"我是喝豆汁儿长大的呀!"

北京西郊石景山区的翠微山南麓山坡上,在景色秀丽、峰峦绿丛环抱中,有一座不为外人注意却极富古迹价值的法海寺,它是人烟罕至的地方,其价值是在于内藏五百多年的明代壁画。这壁画非同一般,就拿它和敦煌壁画相较,也自有其高超处;只是敦煌壁画名气大,世人皆知,好像那就是世界第一。其实法海寺所保有的明代大型壁画,在绘画技术上,是非常精细完美的,它融合了我国历代壁画的多种技法,虽然它是五百多年前明代的宫廷画师所画,但是它继承了传统唐代的模式,又表现了明代特有的人物气质和内涵。

十一月十五日早起,仍是雾气腾腾的阴雨天气,在微雨寒冷中来到了石景山的法海寺。这天星期一本不开庙,是他们的休假日,感谢石景山区政府王建国主任的好意,知道我时间安排得紧促,便牺牲了假日,请来法海寺的文物保管所朱贵芳所长亲自带我参观、讲解,还有文化文物局蒙古籍的副局长寒青等位。我们是八时半自旅馆出发,一路向石景山开去,九时半到了石景山区政府聚齐,接了丁老师等数位陪同去的人,便向这躲在山坡丛林中的法海寺驶去。丁老师原来是第九中学老师,现已退休,他曾在庙中一住十几年,所以有关此庙的史迹、遭遇,都在丁老师心中有一本账。

到了法海寺,首先看见的是门前两棵千年白皮松,和庙前陈列的也是千年的大铜钟。拾阶而上,进了大雄宝殿,在阴暗的天气下,殿内更显得黯然,所长是手持大型电筒照射着才能看清。庙内前堂原有泥塑菩萨四尊,现在全部空空没有了。原来当年大批的红卫兵来了,年轻人并不知道此庙的历史,只看见前面几尊泥菩萨,幸亏庙内看庙老人领着红卫兵们把泥菩萨打毁后,一散而去。他们并不知殿内墙上的明代壁画是多么地珍贵。这样,泥菩萨打烂,才保住了壁画。丁教师说,看庙老人吴效鲁先生的智勇实在是功不可没。

所长很仔细地讲解,天花板边沿上只有半明的日光灯,我仰头瞻望,有时凑在墙边,仔细倾听和观望,所长告诉我们壁上诸神佛的故事,和画法的精细。好像在左扇墙上是天女奔飞天上的美姿,而佛龛背面画的水月观音,则是壁画精神的头号人物,画上轻纱披肩,透视着肌肤之美,再加上胸前臂腕披挂的璎珞饰物,其美丽坐姿及肢体毛发莫不精细入画。朱所长告诉我们,五百年前所用的颜料,至今不剥裂脱落,保持原貌,不但如此,漏水也冲不掉颜色,是一绝也。他让我们趋前细看,人物衣饰上所画贴金描金,都经历数百年而仍金碧辉煌。水月观音如此,其他诸神诸佛也一样。我趋前看时,见墙上有数处钉子小洞的痕迹,据说此庙曾经住过军队、住过学生,甚至流浪的乞丐,埋锅造饭的情形都曾经有过。"不能填补吗?"我问,回答是那样反会破坏画面,只有今后知道它的珍贵而多加注意了。

壁画上的诸佛神大概有六七十位,每位人物都有其故事,朱所长边照边讲,例如有一有趣的故事,是说母夜叉每天要吃一个人家的孩子,吃了有上百个孩子后,被佛祖把她自己的孩子压在木鱼下。待她去求情,才把她的恶习改正过来,成为一个慈眉善目的保护小儿之神。其他像"善财童子"、"牡丹花卉"等莫不细腻可爱。朱所长不辞辛苦地讲解了一小时才结束,非常感谢他。像一般美术馆一样,这壁画是不允许参观者拍照的。临走时题字留念,我改旧词儿写下了:"敬聆一席言,胜读十年书。"这话一点儿也不错啊!

返回旅馆,我的老同学吴金玉和我结婚时的伴娘许业云都已在等候,我约了她们晚上同去看话剧《鸟人》,就是在北京机场吴静吉和樊曼侬建议我一定要去看的,我到京便拜托舒乙,因为我对北京的剧院、上演等事,一概不知。

许业云知道要看戏,便自制一些小菜,如心里美萝卜切细丝腌拌,又买了熏肉,我们三人便边吃边谈,都是半世纪前的老事,一样样抖落出来。金玉是原籍云南,自幼父母双亡,读中学时才由家乡到北京来投奔伯父。有位堂姊也是我们高班同学,她家的云南菜最好吃,我家住附近,所以常常被约去吃饭,有几样云南菜,我都说得出。后来她的堂姊和姊夫——"台湾立法院"早期的秘书长袁雍先生,我们在台湾也常见面,这时和金玉已失去联络,我和堂姊每见面都会回忆北京的家和生活,叹时光流逝。但等到我和金玉联络到,并且见了面,堂姊和姊夫也都先后离世了。

许业云是四川人,川娃儿。许伯母也是常要我们到她家吃豆花,业云手巧,艺专毕业,不但是画家,也最会设计衣服。她中学在附中,和这里的再兴中学校长朱秀荣、佛禅专家叶曼,都是附中同班同学,我也常把她们的情况告诉业云,说的无非都是当年京味儿之事。谈起来感叹和情味兼之。

说起《鸟人》,大家对于演出者的"北京人民艺术剧院"或许不太清楚,但是说起五月间曾来台演出轰动一时的《天下第一楼》,就是"人艺"一家,大家就知道了。《天下第一楼》我看了两次,非常欣赏。"人艺"现任院长是剧作家曹禺,总导演是前辈已故戏剧家焦菊隐,是成立四十年著名的职业话剧院,演出的剧目如老舍的《龙须沟》、《茶馆》,曹禺的《雷雨》、《日出》、《北京人》,近来的《天下第一楼》、《旮旯胡同》、《鸟人》等都是脍炙人口的好戏。《鸟人》演出地点是在首都剧院。院方给我们留了四个位子,远立已看过,便请司机李师傅同去。到时舞台监督杨铁柱先生已等待门口,他5月间也来过台湾。剧院不小,咱们台湾还没有这么一个类似的专演话剧的剧院哪!据我所知,"人艺"现在热衷于编演"京味儿"的话剧,如《旮旯胡同》、《天下第一楼》、《鸟人》皆是,颇合我意也。因为"京味儿"并非普通话,"京味儿"就是京味儿,世界只此一绝也。

戏开锣，幕一开启，舞台上就是一片树林，玩鸟儿的人穿着长衫、坎肩儿各提鸟笼，或挂在树上，一甩一甩的，遛鸟呢！这种情景，我早年在北京时固然常见，就是在台北的"国父纪念馆"树丛草地上，也偶会见到哪！这不是北京人的玩意儿吗，怎么台湾也有？我没在其他城市生活过，不知道上海、南京、杭州什么的有没有。此剧的作者是过士行先生，生于北京的安徽人，曾祖、祖父都是围棋国手。作者自幼喜读闲书，长大想做闲人，无事忙，酷爱戏剧，喜欢聊。他说北京养鸟讲究最多，一沾上就会走入深渊，他也未能免俗，他说当他：

"把全身放在这小小的生命上时，几乎忘了一个大生命，每一个人只有一次的宝贵的生命在不知不觉中耗散。似乎是我们越来越懂得鸟儿，可毫无疑问，我们是越来越不懂人；越来越有'鸟道'，可越来越无'人道'……"

因此一九九一年一个夏天的早上，作者把所有的鸟儿都放生了，铺开了稿纸，写出这出《鸟人》话剧，朝着研究鸟与研究人的结合进展。"人艺"以强大的阵容来演出，就是我们坐在这儿所欣赏的。全剧三幕，几乎就是一个布景——在树林里，和《天下第一楼》似的，景换得不多，戏却够"京味儿"、够刺激，突出的对话，逗乐儿却有其含意，这就是他们的路线了。听说他们将在过了年的 5 月再来台北演出，欢迎。京味儿的事，我总是捧场者。

今天十六号，来北京三天了，才该轮到主题曲上台，那就是上午十时"当代台湾著名作家代表作大系座谈会"在北海后门附近的文采阁举行，主办者是：中国现代文学馆、中华文学基金会、长江文艺出版社三单位。当初倡议者是北京中国现代文学馆，他们最初给我来信是说，该馆为了促进海峡两岸的文学交流，让大陆读者了解台湾文学的基本状况，同是为了扩大台湾作家在大陆的影响，决定编辑这套定名为《当代台湾著名作家代表作大系》的大套书。他们聘请三位顾问，即北京的冰心、萧乾，台湾的林海音。我义不容辞，因为我对台湾的文学情况了解多多，他们也知道我浸淫于此已有四十年了。这套大系希望长久做下去，第一辑十卷的作家经商议的结果是：白先勇、余光中、林文月、林海音、徐钟珮、彭歌、张秀亚、琦君、黄春明、郑清文（姓氏笔画序）等十位。要求作家是以写作年轮、作品受肯定、仍继续不歇笔为准，这第一批的阵容摆出来也还不错了。每作家一本约选十七八万字，而每一人都由一位编选者——他们都是文学国度里的青年学者，对于他所编选的作家作品有深入的研究，并且写一篇具有学术性的序言和导读。

本来海峡两岸自从开放后，两边都因新奇和新鲜的心理，就乱哄哄的各行出版许多可以说"不成材"的出版物，作者和出版者也无联络定约，这一次可以说是两岸最正常的第一次，双方都是很隆重地从事这件事。一套书摆出来，是有模有样的。

今天的会场，布置得美轮美奂，会场屋顶撒下来的霓虹小灯网，可以容纳百多人的会场，坐了工作人员、作家、来宾、记者等。萧乾（顾问）、李准（文学馆长）、舒乙（副馆长）、张锲（中华文学基金会总干事），还有我，坐在横头上，算是一排主持人吧！舒乙致开会辞后，有关人员都先后致词，我这唯一从台湾跨海而来的，免不了也要说几句祝福的话。的确也是，读他们青年学者们的导读文章

(放在每本书的前面,作为序言),真是认真而细心,他们不读毕作家的作品,不深入研读,怎能写出一篇好文章?

有关人致词后,编辑代表也起立讲话,还有来宾如作家吴祖光先生等也发言,大家热心研讨,对这套书寄予无限的期望,我听了也高兴,我家侄儿外语学院教授夏祖煃也代表夏家家族起立发言。看嘛,我们夏家是大家庭,即使长一辈的凋零老去,在北京的合照也有二十人之多(有的出差、出国还没算),四十多年后的团聚,不管是家族也好,文化交流也好,都是这么和谐而团结,我们因喜乐也不禁流出愉悦的泪吧!

十一月十六日《当代台湾著名作家代表作大系》的新书首发会,在温馨、兴奋、热闹下举行,大家踊跃发言,桌上摆着刚出炉(赶从武汉的装订厂运来北京)的十种新书样本;大陆的印刷谈不到豪华,但封面设计的大方、内容精选的丰富,在座与会者人手一册,都愉悦地在欣赏。大会开到十一点多才结束。东道主中华文学基金会请大家留下来,用一顿丰富的自助餐,这时识与不识者都纷纷起立找谈话的对象,或到餐桌前取食,更有的拿了我这唯一在场的作者之书《金鲤鱼的百裥裙》,前来要我签名。在这初识、熟识的场合中也各拍了不同的留念合照。

依依惜别的大会,可以说是成功地完成了!而文学馆的诸青年学者们,也在兴奋和受鼓舞地期待着大系第二波的发动哪!

餐后我的小叔、侄媳、同学等都随我返回旅馆。他们怕我累着,需要休息,又那么想跟我多谈会儿,我说放心吧,我精气神儿大着哪!他们也怪说节目为什么给排得这么紧,家里人都摸不着跟六婶多谈谈,晚上又有节目,还是去吃,悠乎着点儿吧,六婶!我笑了,因为这时已约定的一家电台和一家出版社,都陆续来了人。电台的小姐访问我,是要使我这台湾人的"京味儿"重返北京;除了要我同意播放我在台湾录制的《林海音说童话》以外,还要访问一番。出版社的小姐则是要跟我约定散文作品,他们也要出版散文大系,胃口不小,唉!可是我的作文哪儿那么现成的,一抖落就写出来呀!我客客气气的说词,使她不致太失望的,这时我倒想起林怀民形容我的字眼儿:"台湾姑娘,北京规矩。"

六点钟于滨来接,是到东西北大街细管胡同,一家也是以北京民间风味小吃为主的"炎黄美食苑",同座是中国作家协会的邓友梅、吴祖光、金坚范等人。吴祖光今天上午在首发会已初次见过,而他早就在赴美赴澳时和我两女儿女婿先认识了,他的太太是评戏表演家新凤霞。我对他说,新凤霞在台北报纸副刊的作品我都拜读,写和清朝最后的皇帝溥仪同受"文革"之苦况,她都能以幽默笔调写出来,又写多篇天桥民俗艺术,原来她也是天桥表演出身,所以写来头头是道。吴祖光对我说:"她原来是个不识字的人呢!"新凤霞的努力学习实在可佩服,可惜现在因受苦落个残疾、终年坐轮椅的生活,不能表演了。

我是邓友梅的忠实读者,他写的《烟壶》(电影改编名为《八旗子弟》)、《那五》等京味儿小说,我都非常欣赏,先以为他是满洲旗人,其实他原籍山东,在北京生活数十年,所以写的小说"京味儿"十足,而且还要继续写下去。金坚范则是北京作家协会几年来的熟人了。承他们的美意,请我到这以北京民间优秀风味小吃为主的餐馆来,今天已经冷到零度(晚上零下三度)气候了,来到这家连建筑也别具风味的馆子来。

"炎黄美食苑"是一座二层楼,中间透天厝,显得那么广阔,楼上四边走廊,设有单间、客厅等。餐馆主人是一位高大健康的宝世宜小姐,民间小吃一道道地上来,宝小姐逐一讲解它们的做法,每一道小菜都有不同的制作过程,有的经过十几天的腌制。本来嘛,他们的主厨是特一级厨师,曾经为中共的毛、周诸人物服务,现在多作为文化交流和商务聚会的场所。端上来的菜点,像玫瑰枣、芥末墩、酥小鱼(鱼小到像小指一样大)、糊饼、肉末烧饼、丝糕、焦圈、酱瓜丁、炒咸什、糊塌子、豆汁等等,北平读者看了当会很想吃吧!而我的"最爱"却是羊油炒麻豆腐,掺有青豆和红辣椒;这也是属于当年我母亲不下筷子的一种小吃,因为她对于腥膻的"羊"的一切都是拒绝的,不管是涮羊肉、葱爆羊肉、烧羊肉,而我,一盆炒麻豆腐被我一匙一匙地吃个没完。宝小姐要跟我合影留念,远立说:"六婶,别吃了,人家要照相了。"结果还是照了一张手持汤匙的合影。

我也想起临来北京的前两星期,血糖高升,我的亦医亦友黄妙珠医师,又气又心疼我,把我留在医院里,亲自看守着我打了五个小时点滴,才也仍不太放心地说:"下星期来如果血糖仍高,扣你的护照!"我现在可想着后天返台就要见医生,如果血糖不听话,那时她说不定要扣我的出境证了啊!想着心中害怕,可还是把那最后一匙麻豆腐吞下去了!

饭后主人预备了纸笔，要我们写几个字留念，吴祖光先生是书法家，大笔一挥，写了一横幅曰"京城一绝"。我呢，在八开纸上呵笔写了"想吃"两个字，是想吃那没吃完的半盆麻豆腐吗？真滑稽！

更冷、更远、更广袤的最后一天是十一月十七日，我们到距北京城约十五公里的丰台去。因为那里在一九七四到一九七五年间发掘了两座汉墓，现在名曰"大葆台汉墓"。本来的两座，一号墓是西汉燕王的陵墓，西侧二号墓是王后的墓。但是二号墓室被烧毁了，没有保存下来，现在只有这大葆台汉墓了。

大家都知道，我们所谓燕赵之地、燕赵男儿，就是指北京地区这一带，春秋战国以来，自有其战乱的历史。挖掘后的考据，据说此墓主人应该是燕刺王刘旦或是广阳顷王刘建。详细的史实，我对此研究缺缺，只是像参观西安的秦墓一样的心情。

出了北京城向丰台而去，快接近的那一段，可就是广袤的荒郊野地了，大葆台一号墓原址上建立了名为"大葆台西汉墓博物馆"，我们就是朝着此地而来。墓虽然是一九七四年开始挖掘，但博物馆却成立于一九八三年，不过十年于兹，展出的就是复原后的一号墓的墓室。

我们的车子一路驶去，经过了一处新成立专为儿童娱乐场所的建筑，占地广大，都是五颜六色的世界有名建筑物的仿造，它就好像是迪士尼乐园一样的地方，没有进去看，不知情形如何，春秋假日一定有得热闹吧！我们一路走，因为沿路有建筑工程，我们又不是很识路，所以有时下车来步行，崎岖之路冻得硬硬的，一块高一块低，我裹紧厚衣，步履维艰，几次又反转重走，好不容易到了博物馆,馆址宽大,建筑美观,院落种着常青植物,地上铺着近代的方砖,可不知当年这燕王墓廓的景观可有现在漂亮吗?

进去后预先约好的张馆长及带领我们参观和讲解的张女士迎出来,长年在这荒郊野外的博物馆工作,与古老的棺椁和历史共度不言不语的日子,不知有怎样的心情?但他们确是这方面的专家,张女士在西安学习有成,大学毕业后就在那儿工作十年,才为这西汉墓的发掘而调来这里,是专之又专了。

张小姐带领我们参观,我们的脚下,就是大葆台西汉墓复原陈列的地方,我们踏住的正是历史的脚步。她的讲解,使我们走入历史,看到古代皇陵建造,可真了不起。我们知道了汉代皇帝和诸侯王的葬具体系。在墓室,首先看到的是一圈用枋木筑成的厚木墙,是所谓"黄杨题凑",原来它的材料是用柏木心截成长条,一条条的黄杨木之间,并没有榫卯固定,就这样堆积成高约三米的木墙,却十分坚固。据说两千年后的挖掘,木墙依旧,黄杨木并发出柏木的芳香。

无论前厅后室,都和汉代人生前的生活情况一模一样,比如汉代还没有桌椅,人们席地而坐。后室便是椁室,棺木即停放在椁室正中的棺床上。我们围着这宽大而明亮的现代人建筑的墓室,一目了然地观看两千年前的全景;叹古人皇室的豪华,也感佩今人科学能力下的工程。其他殉葬的真车真马,虽然已遭到破坏,但仍把残余拼凑摆设出来,整个墓室严密地封闭着,用了无数的木炭,使之防水、隔潮,以利物品的保存。

大葆台西汉墓之行,是一次有益的参观。临行时少不得题字,我写的是:"走入时光隧道。"

北京之行的最后一天,实在是够辛苦,但很丰富和充实。从大葆台西汉墓参观后,中午又接受了北京作协的邀请,赶到绒线四川饭店午餐。来了北京若干次,也没看过一处正经的四合院,却没想到四川饭店是非常整齐的二、三进的四合院,可惜我没有拍摄下来,今后还能有机会看到吧!餐会得识诸作家葛翠琳(儿童文学家)、宋汎(作协理事长)、林斤澜(小说家,早期曾在台湾工作)、赵金九、苗稼全等位。

饭后并约定到葛翠琳家去参观,她是燕京大学毕业,不但是位儿童文学的作家、翻译家,同时她家中所收集的中外儿童文学书籍,琳琅满目,占满了几间书房。承她赠我她的选集作品,包括了童话、小说、散文、诗歌等近百篇。她的童话有绮丽奇特的幻想,就以头一篇《春天在哪里?》来说,是写一只小公鸡到处打听春天在哪里,到处找春天。冰心女士在扉页为之题词曰:"春天在哪里?春天在孩子们的心中,在作家的笔下!"可以说葛翠琳是唯美主义的儿童文学作家吧!

天桥——写下了这两个字,是世界闻名的地名,却不知该怎么接下去。

先问"天桥"的桥在哪儿,为什么叫"天桥"吧!我曾读北京市对外文化交流协会副会长王立行的文章《天桥今昔》上说:历史上的北京在十六世纪是被一座桥隔开的,以皇城为中心的是皇家贵族的北京,天桥则是平民的地区;但是皇帝每年要到天坛去祈求国泰民安,到先农坛去祈求五谷丰登,都得经过这座汉白玉所建的桥,因为是天子走道,所以叫天桥,其名是由此而来的。直到一九三四年才被拆除,此后便桥亡名存了。

天桥进展成为民间杂艺场所,也是应代代平民所需求的娱乐生活而来。其实天桥的平民艺人大都是从北京以外四乡来的,不识字,打小做前一辈艺人的徒弟,侍候老艺人、挨打、倒夜壶、吃不饱(他们的师父也吃不饱)。相声大师侯宝林就是天桥出身,在吃不饱还挨打的日子里,竟能成为一代大师,是中国旧式艺人的悲惨而又坚强和忍耐的功夫,我们是多么敬佩啊!

我虽然打小就知道天桥,却不是"逛天桥"的人,因为女性是不被允许没事儿"逛天桥"的,我们会从听闻、文字上得知天桥的一切,如天桥八大怪、相声不欢迎女性听众等等。

北京市府和民间近年正在做恢复天桥景观的工作,当然,如果把天桥恢复旧观,也是应有它改革进步的一面,我们乐观其成。现在虽无皇室,不必祭天,但是仍需要一处民俗味儿的大众娱乐场所。他们改建天桥第一期的初步规划已经拟定了,中心地区有13.5公顷,文化娱乐设施有城南游艺园(这地方我倒是从小常随大人去的,到我成年后就拆除了),包括曲艺说唱的种种杂耍,不知道楼上下"扔手巾把儿"恢复不?新的天桥魅力不应当只是为一般百姓,也会是引进外国游客的地方。

临行前一晚,我去了一趟天桥,在黑咕隆咚的一条胡同里,是当今最有名的"天桥乐茶园",进去后灯光大亮,宽敞的茶园,摆了许多茶桌，园子两边走廊设有摊位，卖豆汁儿、焦圈、驴打滚儿等等京味儿小吃，年轻美丽的北京小姑娘在看摊位，给客人端茶送点心的，很是可爱。经过介绍后，老板黄宗汉递给我第一张名片，上面印着："京都文丐·黄宗汉。"我笑了，他又递来第二张，头衔则是"北京市对外文化交流协会副会长"了。他开门见山地对我说："开天桥乐茶园，要感谢您。"我听了吓一跳，莫名所以。他说有一次一位朋友送他一本纯文学出版的《喜乐画北平》，看喜乐的画和书内何凡、梁实秋和我所写的文章，兴起了他要办一间以老天桥剧艺为主的茶园（《喜乐画北平》并无天桥，只是以民俗生活为主的非常写实细腻的画）。现在果然很成功，不到两年工夫，已经大赚钱，连美国前总统尼克松都在今年春前往观赏，捧着大元宝照相。

　　黄宗汉的姊姊即老明星黄宗英，我十月到上海和她及四大女星张瑞芳见面，她俩都满头银白发了，但是很漂亮。黄宗汉的噱头点子也很多，不是"老舍茶馆"所能比的（听说老舍家人正在和"老舍茶馆"为了冒用名字打官司），"天桥乐"不但把天桥的玩意儿搬过来上台，而且台上台下打成一片呼应着，台下的茶房也就是演员。不管是拉洋片、八大怪、中国老戏法儿、八角鼓、老北京玩鸟、武打京戏，一概台上见，不必到天桥布棚子里看了。一开场也是和京戏一样跳加官。赛活驴等节目把洋人看得乐坏了。戏票价钱不便宜，我问说："北京过日子人，看得起吗？""卖洋人观光客，每晚客满！"真服啦，黄宗汉原来可是学理工的哪！

结语

　　明日赋归矣！在北京过了六天"京味儿"的日子，也许兴犹未尽，但是所获颇多，也过足了说"京味儿"的话、听"京味儿"的戏、吃"京味儿"小吃的瘾（我一共喝了九碗豆汁儿！）。这要感谢北京中国现代文学馆给我赴京的这次机会，和大家"京味儿"相处，不管外头多冷，心里可真暖和呀！两岸的文化交流，应当不仅止于此，以后会永远永远地下去，直到有一天，不分彼此地合而为一，我是这样地期待着。

1993 年 12 月

冬阳·童年·骆驼队

骆驼队来了,停在我家的门前。

它们排列成一长串,沉默地站着,等候人们的安排。天气又干又冷,拉骆驼的摘下了他的毡帽,秃瓢儿上冒着热气,是一股白色的烟,融入干冷的大气中。

爸爸在和他讲价钱。双峰的驼背上,每匹都驮着两麻袋煤。我在想,麻袋里面是"南山高末"呢?还是"乌金墨玉"?我常常看见顺城街煤栈的白墙上,写着这样几个大黑字。但是拉骆驼的说,他们从门头沟来,它们和骆驼,是一步一步走来的。

另外一个拉骆驼的,在招呼骆驼们吃草料。它们把前脚一屈,屁股一撅,就跪了下来。

爸爸已经和他们讲好价钱了。人在卸煤,骆驼在吃草。

我站在骆驼的面前,看它们吃草料咀嚼的样子,那样丑的脸,那样长的牙,那样安静的态度。它们咀嚼的时候,上牙和下牙交错地磨来磨去,大鼻孔里冒着热气,白沫子沾满在胡须上。我看得呆了,自己的牙齿也动了起来。

老师教给我,要学骆驼,沉得住气的动物。看它从不着急,慢慢地走，慢慢地嚼，总会走到的，总会吃饱的。也许它天生是该慢慢的，偶然躲避车子跑两步，姿势就很难看。

骆驼队伍过来时，你会知道，打头儿的那一匹，长脖子底下总系着一个铃铛，走起来，"当、当、当"地响。

"为什么要一个铃铛？"我不懂的事就要问一问。

爸爸告诉我，骆驼很怕狼，因为狼会咬它们，所以人类给它带上铃铛，狼听见铃铛的声音，知道那是有人类在保护着，就不敢侵犯了。

我的幼稚心灵中却充满了和大人不同的想法，我对爸爸说：

"不是的，爸！它们软软的脚掌走在软软的沙漠上，没有一点点声音，你不是说，它们走上三天三夜都不喝一口水，只是不声不响地咀嚼着从胃里反刍出来的食物吗？一定是拉骆驼的人类，耐不住那长途寂寞的旅程，所以才给骆驼带上了铃铛，增加一些行路的情趣。"

爸爸想了想，笑笑说：

"也许，你的想法更美些。"

冬天快过完了，春天就要来，太阳特别地暖和，暖得让人想把棉袄脱下来。可不是么？骆驼也脱掉它的绒袍子啦！它的毛皮一大块一大块地从身上掉下来，垂在肚皮底下。我真想拿剪刀替它们剪一剪，因为太不整齐了。拉骆驼的人也一样，他们身上那件反穿大羊皮，也都脱下来了，搭在骆驼背的小峰上。麻袋空了，"乌金墨玉"都卖了，铃铛在轻松的步伐里响得更清脆。

夏天来了，再不见骆驼的影子，我又问妈：

"夏天它们到哪儿去?"

"谁?"

"骆驼呀!"

妈妈回答不上来了,她说:

"总是问,总是问,你这孩子!"

夏天过去,秋天过去,冬天又来了,骆驼队又来了,但是童年却一去不还。冬阳底下学骆驼咀嚼的傻事,我也不会再做了。

可是,我是多么想念童年住在北京城南的那些景色和人物啊!我对自己说,把它们写下来吧,让实际的童年过去,心灵的童年永存下来。

就这样,我写了一本《城南旧事》。

我默默地想,慢慢地写。看见冬阳下的骆驼队走过来,听见缓慢悦耳的铃声,童年重临于我的心头。

1960 年 10 月

生命的风铃

旧时三女子
闲庭寂寂景萧条
婆婆的晨妆
我父亲在新埔那段儿
黄昏对话
平凡之家
教子无方
三只丑小鸭
鸭的喜剧
女子弄文诚可喜
立
漫谈"吃饭"
狗
说猴
看象
灯
书桌

旧时三女子

我的曾祖母

一年前的冬日,我陪摄影家谢春德到头份去。他是为了完成《作家之旅》一书,来拍摄我的家乡。先去西河堂林家祖祠拍了一阵,便来到三婶家,那是我幼年三岁至五岁居住过的地方。

春德拍得兴起,婶母的老木床、院中的枯井、墙角的老瓮,厨房里的空瓶旧罐,都是他的拍摄对象,最后听说那座摇摇欲坠的木楼梯上面,是我们家庭供祖宗牌位的地方,他要上去,我们也就跟上去了。虽是个破旧的地方,但是整齐清洁地摆设着观音像、佛像、长明灯、鲜花、香炉等等,墙上挂着我曾祖母、祖父母的画像和照片,以及这些年又不幸故去的三婶的儿子、媳妇和孙辈的照片。看见曾祖母的那张精致的大画像,祖丽问我说:"妈,那不就是你写过的,自己宰小狗吃的曾祖母吗?"

这样一问,大家都惊奇地望着我。就是连我的晚辈家族,也不太知道这回事。

如果我说,我的曾祖母嗜食狗肉,她在八十多岁时,还自己下手宰小狗吃,你一定会吃惊地问我,我的祖先是来自哪一个野蛮的省?我最初听说,何尝不吃惊呢!其实"狗是人类的好朋友"的说法,是很"现代"而"西方"的。我听我母亲说过,祖父生前有一年从广东蕉岭拜祭林氏祖祠归来,对正在"坐月子"的儿媳妇说:"你们是有福气的哟!一天一只麻油酒煮鸡,老家的乡下,是多么贫困,哪有鸡吃,不过是用猪油煮狗酒罢了!"

你听听!祖父说这话的口气,是不是认为人类对待动物的道德衡量,宰一条小狗跟杀一只鸡,并没有什么分别?甚至在那穷乡僻壤,吃鸡比吃狗还要奢侈呢!

自我懂事以来,已经听了很多次关于曾祖母宰小狗吃的故事。不过,随着年龄的增长,对于曾祖母宰小狗这回事,每一次都有更多的认识、了解和同情。

说这老故事最多的就是三婶和母亲。三婶还健康的时候,每次到台北,都会来和母亲闲谈家中老事。老妯娌俩虽然各使用彼此相通的母语——一客家、一闽南——又说、又笑、又感叹地说将起来,我在一旁听着,也不时插入问题,非常有趣。她们谈起我曾祖母——我叫她"阿太"——亲手宰烹小狗吃的故事,都还不由得龇牙咧嘴,一副不寒而栗的样子:就好像那是刚刚发生的事情,就好像我阿太还在后院的沟边蹲着,就好像还听得见那小狗在木桶里被开水浇得吱吱叫的刺耳声,使得她们都堵起耳朵、闭上眼睛跑开,就好像她们是多么不忍见阿太的残忍行为!

但是,我的曾祖母,并不是一个残忍的女人,她是一个最寂寞的女人。

我的曾祖父仕仲公,是前清的贡生。在九个兄弟中,他是出类拔萃的老五。为了好养活,他有个女性化的名字"阿五妹",所以当时人都尊称他一声"阿五妹伯"。我的曾祖母钟氏,十四岁就来到林家做童养媳,然后"送做堆"嫁给我的曾祖父。但不幸她是个生理有缺陷的女人,一生无月信,不能生育,终生无所出。那么,"阿五妹"爱上了另一个美丽的女孩子罗氏,就是一件很自然的事情了。那个女孩子是人家的独生女儿,做父母的怎肯把独生女儿给"阿五妹"做妾呢?因为我的曾祖父当时有声望、有地位,又开着大染布坊,他们又是自己恋爱的,再加上我阿太的不能生育,美丽的独生女儿,就做了我曾祖父的妾了。妾,果然很快地为"阿五妹伯"生了个大儿子,那就是我的亲祖父阿台先生。

我想,我的曾祖母的寂寞,该是从她失欢的岁月开始的。

阿台先生虽然是一脉单传,却也一枝独秀,果实累累,我的祖母徐氏爱妹,一口气儿生了五男五女,这样一来,造成了林家繁枝覆叶的大家庭。那时候,曾祖父死了,美丽的妾不久也追随地下。阿台先生虽然只是个秀才,没有得到科举时代的任何名堂,但他才学高,后来又做了头份的区长(现在的镇长),事实上比他的父亲更有声望和地位。但是就在林家盛极一时的时候,我的曾祖母,竟带着她自己领养的童养媳,离开了这一大家人,住到山里去了。

并不是我的祖父没有尽到人子的责任,我的祖父是孝子,即使阿太不是他的亲母,他也不废晨昏定省之礼。或许这大家庭使阿太产生了"虽有满堂儿孙,谁是亲生骨肉"的寂寞感吧,她宁可远远地离开,去山上创一个属于她自己的天地。

在那种年代,那种环境,那种地位下,无论如何,阿台先生都有把母亲接回来奉养的必要,但是几次都被阿太拒绝了。请问,荣华和富贵,难道抵不过在山间那弯清冷的月光下打柴埋锅造饭的寒酸日子吗?请在我的曾祖母的身上找答案吧!

终于,在我曾祖母八十岁那年,寒冬腊月,一乘轿子,把她老人家从山窝里抬回来了。听说她的整寿生日很热闹,在那乡庄村镇,一次筵开二三百桌,即使是身为区长,受人崇敬的阿台先生家办事,也不是一件顶容易的事吧!而且,祖父还请画师给她画了这么一张像:头戴凤冠,身穿镶着兔皮边的补褂。外褂子上画的那块补子,竟是"鹤补",一品夫人哪!我向无所不知的老盖仙夏元瑜兄打听,他说画像全这么画,总不能画一个乡下老太婆,要画就画高一点儿的。我笑说,那也画得高太多啦!

据我的母亲和三婶说,阿太很健康,虽然牙齿全没了,佝偻着腰,也不拄拐杖。出出进进总是一袭蓝衣黑裤。她不太理会家里的人,吃过饭,就举着旱烟管到邻家去闲坐,平日连衣服都自己洗,就知道她是个多么孤独和倔强的人了。

大家庭是几房孙媳妇妯娌轮流烧饭,她们都会为没有牙齿的阿太煮了特别烂的饭菜。当她的独份饭菜烧好摆在桌上时,跟着一声高喊:"阿太,来吃饭啊!"她便佝偻着腰,来到饭桌前了。我的母亲对这有很深的印象,她说当阿太独自端起了饭碗,筷子还没举起来,就先听见她幽幽的一声无奈的长叹!阿太难道还有什么不满足吗?

现在说到狗肉。

三婶最会炖狗腿,她说要用枸杞、柑皮、当归、番薯等与狗腿同煮,才可以去腥膻之气,但却忌用葱。狗肉则用麻油先炒了用酒配料煮食,风味绝佳。三婶虽是狗肉烹调家,却从不吃狗肉,她是做子媳的,该做这些事就是了。不但三婶不吃狗肉,在这大家庭里,吃狗肉的人数也不多,三婶曾笑指着我的鼻子告诉我说:

"家里虽然说吃狗肉的人数不算多,可也四代同堂呢!你阿太,你阿公,你阿姑,还有你!"

秋来正是吃狗肉进补的时候。其实,从旧历七月以后,家里就不断地收到亲友送来的羊头、羊腿、狗腿这种种的补品了。因为乡人都知道阿台先生嗜此,岂知他的老母、女儿、四岁的小孙女,也是同好呢!

不是和自己亲生儿子在一起,我想唯有吃狗肉的时候,阿太才能得到一点点快乐吧?因为这时所有怕狗肉的家人,都远远地躲开了!

据说有一年,有人送来一窝小肥狗给阿台先生。这回是活玩意儿,三婶再也没有勇气像杀母鸡一样地去宰这一窝小活狗了。阿太看看,没有人为她做这件事,便自己下手了,这就是我的曾祖母著名的自己下手宰狗吃的"残忍"的故事了。

记得有一次我又听母亲和三婶谈这件事的时候,不知哪儿来的一股不平之鸣,我说:"如果照我祖父说的,煮鸡酒和煮狗酒没有什么两样的话,那么阿太宰一只狗和你们杀一只鸡也没有什么两样的呀!"

阿太高寿,她是在八十七八岁上故去的,我看见她,是在三岁到五岁的时候,直接的记忆等于零。但是,如果她地下有知的话,会觉得在一个甲子后的人间,竟获得她的一个曾孙女的了解和同情,并且形诸笔墨,该是不寂寞啊!

我的祖母

我的祖母徐氏爱妹的放大照片,就挂在曾祖母画像的旁边墙上。这张虽是老太太的照片,但也可以看出她的风韵,年轻时必定是个美人儿,她是凤眼形,薄薄的唇,直挺的鼻梁。她在照片上的这件衣着,虽是客家妇女的样式,但是和今日年轻女人穿的改良旗袍的领、襟都像呢!

我的祖父林台先生,号云阁,谱名鼎泉,他是林家九德公派下的九世孙。前面说过,他科举时代没有什么名堂,却是打二十一岁起就执教鞭,一九一六年到一九二〇年,出任头份第三任区长,在纯朴的客家小镇上,是位令人尊敬的长者。在中港溪流域,是以文名享盛誉。他能诗文,擅拟对联,老年间的许多寿序、联匾,很多出于祖父之笔。我的祖母为林家生了五男五女,除了夭折一男一女外,其余都成家立业,所以在祖父享盛誉的时候,祖母自然也风光了半辈子。

我对祖母知道得并不多,年前玉美姑母到台北来,我笑对也已年近八十的玉美姑说:"我要问你一些你母亲的事,你可得跟我说实话。"因为我常听婶母及母亲说,祖母很厉害,她把四个儿媳妇控制得严严的,但她自己却也是个勤俭干净利落的人。听说,我的曾祖母所以很孤独地到山上去过日子,也和这个儿媳妇有些关系,因为当年的祖母,妻以夫贵,不免有时露出骄傲的神色来吧!而我听三婶说,她的女儿秀凤自幼送人,也是婆婆的主意。我问玉美姑姑,玉美姑姑很技巧地回答说:"你三婶身体不好嘛!带不了孩子,所以做主张把秀凤送人好了。"其实我又听说,是祖母希望三婶生儿子,所以叫她把女儿送人的。我又问姑姑说:"听说祖母很厉害。"姑姑说:"她很能干。"能干和厉害有怎样的差别和程度,是怎么说都可以的。

但是在我的记忆中,祖母却是可爱的,幼年在家乡的记忆没有了,却记得在北平时,我还在小学三年级的样子,祖父、祖母到北平来了。那时父亲、四叔——祖父的最大和最小的儿子都全家在北平,从遥远的台湾到"皇帝殿脚下"的北平来探亲和游历,又是日据时代,是一件不简单的事,我想那是祖母最最风光的时期了。他们返回台湾不久,四叔就因抗日在大连被日本人毒死狱中。四叔本是祖母最疼爱的儿子,四婶也因是自幼带的童养媳,所以也特别疼。过两年,祖父独自到北平来,父亲已经因四叔的死,自己也吐血肺疾发。记得祖父住在西交民巷的南屋里,我常听他的咳声,他似乎很寂寞地在看着《随园诗话》,上面都是他随手所记的批注。等到祖父回台湾,过不久,父亲也故去了。

这时祖父的四个儿子,先他而去了三个,祖父于1934年七十二岁时去世,死时只有一个三叔执幡送终。祖父死后的年月,不要说风光的日子没有了,祖母又遭遇到最后一个儿子三叔也病故的打击,至此满堂寡妇孤儿,是林家最不幸的时期。真是"屋漏偏逢连夜雨",1936年时,台湾地震,最严重的就是竹南、头份一带。我们这一辈,最大的是堂兄阿烈,他又偏在南京工作,看报不知有多着急,那时家屋倒塌,大家都在地上搭棚住,七十多岁的祖母也一样。后来阿烈哥返台,在一群孤儿寡妇中,他不得不挑起这大家族的许多责任。

阿烈哥说,幸好他考取了当时的放送局,薪水两倍于一般薪水阶级,负起奉养祖母的担子。他也曾把祖母接来台北居住就医过,可是她还是在八十岁上、在祖父死后十年中风去世了。她死时更不如祖父,四个儿子都已先她而去,送终的只好是承重孙阿烈哥了。

而我们那时北平,也是寡妇和孤儿,又和家乡断绝音信多年,详细的情形都不知道。只是祖母在我的印象中却是和蔼的、美丽的。

我的母亲

我的母亲是板桥镇上一个美丽、乖巧的女孩,她十五岁上就嫁给比她大了十五岁的父亲,那是因为父亲在新埔、头份教过小学以后,有人邀他到板桥林本源做事,所以娶了我的母亲。

母亲是典型的中国三从四德的女性,她识字不多,但美丽且极聪明,脾气好,开朗,热心,与人无争,不抱怨,勤勉,整洁。这好像是我自己吹嘘母亲是说不尽的好女人。其实亲友中,也都会这样赞美她。

母亲嫁给父亲不久,父亲就带着母亲和母亲肚中的我到日本去,在大阪城生下了我。父亲是个典型的大男人,据说在日本到酒馆林立的街坊,从黑夜饮到天明,一夜之间,喝遍一条街,够任性的了。但是他却有更多优点,他负责任地工作,努力求生存,热心助人,不吝金钱。我们每一个孩子,他管得虽严,却都疼爱。

在大阪的日子,母亲也津津乐道。她说当年她是个足不出户的异国少妇(在别人只是个十几岁的少女),偶然上街,也不过是随着背伏着小女婴的下女出去走走。像春天,傍着淀川,造币局一带,樱花盛开了,风景很美。母亲说,我们出门逛街,还得忍受身后边淘气的日本小鬼偶然喊过来的"清国奴"这样侮辱中国人的口号,因为母亲穿的是中国服装。

后来父亲要远离日本人占据的台湾,到北平去打天下,便先把母亲和三岁的我送回台湾。在客家村和板桥两地住了两年,才到北平去的。母亲以一个闽南语系的女人嫁给客家人,在当时是罕见的。母亲缠过足,个子又小,而客家女性大脚,劳动起来是有力有劲的。但是娇小的母亲在客家大家庭里仍能应付得很好,那是因为母亲乖,不多讲话。她说妯娌们轮流烧饭,她一样轮班,小小的个子,在乡间的大灶间,烧柴、举炊,她都得站在一个矮凳上才够得到,但她从不说苦。不说苦,也是女性的一种德性吧,我从未见母亲喊过苦,这样的德性在潜移默化中,也给了我们姊弟做人的道理。像我,脾气虽然急躁,却极能耐苦,这一半是客家人的本性,一半也是得自母亲。

父亲去世前在北平的日子,是最幸福的,但自父亲去世(母亲才二十九岁),一直到我成年,我们从来都没有太感觉做孤儿的悲哀,而是因为母亲,她事事依从我们,从不摆出一副苦相,真是所谓

"在家从父,出嫁从夫,夫死从子"了。

我的母亲常说这样两句台湾谚语,她说:"一斤肉不值四两葱,一斤儿不值四两夫。"意思是说,一斤肉的功用抵不过四两葱,一斤儿子抵不过四两丈夫。用有实质的重量来比喻人伦,实在是很有趣的象征手法。我母亲也常说另一句谚语:"食夫香香,食子淡淡。"这是说,妻子吃丈夫赚来的,是天经地义,没有话说,所以吃得香;等到有一天要靠子女养活时,那味道到底淡些。这些话表现出我的母亲对一个男人——丈夫的爱情之深、之专。

现在已婚妇女,凑在一起总是要怨丈夫,我的母亲从来没有过。甚至于我们一起回忆父亲时,我如果说了父亲这样好那样好,母亲很高兴地加入说。如果我们忽想起爸爸有些不好的地方,母亲就一声也不言语,她不好驳我们,却也不愿随着孩子回忆她的丈夫的缺点。

我的母亲十五岁结婚,二十九岁守寡,前年八十一岁去世。在讣闻里,我们细数了她的直系子、孙、媳、婿等四代四十多人,没有太保太妹,没有吃喝嫖赌不良嗜好的。是母亲虽早年守寡,却有晚年之福。

在这妇女节日,写三位旧时女子——我的曾祖母、祖母、母亲,无他,只是想借此写一点中国女性生活的一面,和她们不同的身世。但有一点相同的,无论她们曾受了多少苦,享了多少福,都是活到八十岁以上的长寿者。

1985 年 3 月 8 日

闲庭寂寂景萧条

女人最弱，为母最强

一九三九年五月我和承楹结婚的前夕，有这么一件有趣的事。我们虽然举行的是新式婚礼，却还有些旧时的礼节，比如"过嫁奁"吧，母亲多多少少也为我准备了一些嫁奁：四铺四盖，四季衣服，四只箱子，一盒首饰，以及零星的脸盆、痰盂、台灯，甚至连马桶都陪送了。

清荣舅是现成的大媒，他负责送嫁奁，要出发了，母亲要把这两对描金的福建漆箱子上锁的时候，清荣舅连忙拦住她，笑嘻嘻地说："不要锁，交给我，等车子快到他家的时候，"他说着举起了右手，把大拇指和食指大大地张开，然后用力地一打合，玩笑地说，"就这样，咔嗒一下锁住，明白吗？这就叫锁住婆婆的嘴呀！"大家知道是玩笑话，都笑了。

但是当他完成送嫁奁的任务回来后，却是很正经地对我说："英子，婚姻的事不可预料，谁想到小小的英子，有一天会嫁到有一个公公，两个婆婆、八个兄弟的四十多口人的大家庭去做儿媳妇呢！老夏家虽然是忠厚老诚的书香人家，但无论如何，它和你现在的寡母姊弟相依为命的家庭生活迥然是不同的,处处要注意啊……"

事实上,清荣舅舅说我将有两个婆婆还少说了一个呢。我将有三位婆婆,除了承楹的亲生母亲,还有一位被称为二太太的姨娘,而名义上承楹又是过继给没有子嗣的五叔、婶做儿子。只是那时五叔已去世,五婶已到抗战的后方去了。

婆婆共娶六房儿媳妇,我在她的媳妇中是年龄最小的。虽然我要去生活的大家庭,跟我原来的生活如此不同,但我一点儿也不害怕或担心,在母亲的潜移默化中,我们跟亲友都是快乐和谐相处,何况我在婚前已常去夏家玩,未来的婆婆知道儿子房里来了女朋友,并且会留下来吃饭。晚饭添菜很方便,她小小的个子登上那只小板凳,自己打电话叫天福送清酱肉来。上了堂屋的饭桌,她也会凑上前来,看我们多多地吃菜加饭,她才高兴。

婆婆闺名张玉贞,是江西九江一个开缎子号的女儿,后来张家移居浦口,所以婆婆说话没有江西老表的口音,反而是"南京大萝卜"的乡音更重。她这一辈的老妯娌共有五位,个个饱读诗书,只有婆婆不识字,连认钞票也以看颜色确定价值。但是她自十几岁嫁给公公后,却一口气儿生了八个儿子一个女儿。

公公二十四岁登拔贡榜,二十五岁晋京做小京官正值戊戌变法,他这一生就在政界和国学界,到五十五岁北伐成功,他也自宦海退休,专从事著书修志。婆婆曾对我们说,晋京以后,住在江宁会馆,她已经是四五个孩子的母亲了。每天晚上,床上睡两三个,摇篮里睡一个,她则在一灯荧然下缝缝补补,一只脚还要踏着摇篮,日子是这样一步步一年年过来的。

婆婆虽然不识字,在生活、思想上,却也有她的原则,那是从她日常说的谚语中可以理解的。我想中国旧时不识字的人(包括男、女),由口传口述的俗语、谚语、格言,表现出他们的思想或态度以及好恶。婆婆的谚语出口成章,而且有时幽默得很。我记得每天早上她起床后,便坐在堂屋里的太师椅上,一边抽着水烟,一边指挥仆妇工作。她性子急,炉子上水不开,她就要数叨仆妇不会弄火,她说:"人要忠心,火要空心。"于是便自己拿起火筷子拨弄那煤球炉子去了。

我们大家庭的生活中心,就在婆母的这间堂屋,她从早起便坐镇堂屋,各房头要商量什么事情,晚上闲聊,都请来吧!我结婚的最初几年,还没有分炊,大家都在堂屋里吃大锅饭。这大圆桌从早点起就不清闲,因为婆婆自己吃,公公又另吃,一天到晚像开流水席似的。婆婆最爱招呼她的儿子们多吃,早上她说:"要饱早上饱,要好祖上好。"午饭时她说:"吃是本分,穿是威风。"只有在晚饭时她也许会说一声:"晚饭少吃口,活到九十九。"有时在杯盘狼藉盘底朝天的饭后,她倒也开玩笑说:"真是吃得家人落泪狗摇头呀!"人多嘴杂她便说:"乱得像素菜!"因为南京人过年都要炒十样素菜,把每种菜切成丝炒好掺和在一起。

婆母讲到她做儿媳妇时代的生活,便说:"那时候儿媳不好做呀!要起五更梳头,早起三光,迟起慌张嘛!"所谓三光,是头、脸、脚。早起早梳洗,迟起误了到婆婆屋去请安,是有失礼貌的。那时梳头、缠足是费时的化妆。我知道婆婆每天晚上洗脚缠足总要弄到半夜才入睡。她对她的儿子们最卫护,有时她见儿子和媳妇争论，她不愿责备儿子，又不好叫儿媳妇让步，便会说："男人是'嘴上长狗毛'的，别理他！"她就以这样轻松的口气，明着是骂儿子，私心却是要儿媳妇让着儿子，多么技巧呀！

红氍毹上一坤伶

从大陆可以辗转传来家人消息的时候，我一直听不到姨娘的音讯，她就是我的三位婆婆之一，公公的姨太太。到后来才点点滴滴地传来说，她是在公公之后故去的。公公是一九六三年九十岁时去世，比公公大一岁的婆婆则在一九五〇年七十八岁时去世，他们都很幸运，没有活到"文化大革命"。姨娘就惨了，她独自一人不知住在哪里，家中的人下放的、被斗争清算的，谁也顾不了谁。据说姨娘大批财产——房屋、金子、皮货都已上缴了。到后来她病亡的时候，通知夏家，夏家却说早已跟她划清界限了，因此不能治理丧事，最后是由她娘家嫂子办理的。从十八岁就跟了公公的姨娘，就是那么孤独地在一九七三年七十二岁时离开人世了。

林佩卿，姨娘的艺名，是当年在北平城南游艺园唱老旦有些名气的坤伶。林佩卿当年在红氍毹上的丰采，如今老一辈在北平常听戏的，或许会有些记忆。她在舞台上的生命虽不长，但听说她以一个十几岁的大姑娘扮演老旦，唱做俱佳，也是难得。她亭亭玉立，北方人的高挑个儿，白净的皮肤，端正的五官，皓洁整齐的贝齿。按说以这样一个标致的女孩子，是应当唱青衣花旦吧，为什么去唱那拄杖哈腰的老旦呢？原来林佩卿是满洲旗人家的姑娘，虽然不知道她是镶的哪颜色的旗，确知她是个良家女儿。辛亥以后，旗人子弟无以为生，被送去学戏的很多，也不算稀罕。林佩卿的哥哥学拉胡琴，妹妹学唱，但毕竟是保守人家，不忍心自己的女儿在舞台上搔首弄姿地演花旦，就选了不容易大红大紫，也不容易上大轴戏的老旦来学。想象中，她的年轻时代，修长清癯的扮相，一声"叫张义，我的儿……"也曾赢得了不少喝彩声吧！

我见到她的时候，她已经是中年妇人了，平整光亮地绾一个髻，耳朵上是一对珍珠耳坠，很大方，也有气度。而且她跟了公公以后，洗尽铅华，不要说绝口不提她的舞台生活，连哼也没哼过一句戏词儿哪！在我们那个旧家庭里，对于身世的重要，远超过金钱。婆婆在生了九个儿女，含辛茹苦地带大之后，丈夫却又娶了一房姨太太，婆婆当然受不了，而且在这保守的读书人家里，也没有娶姨太太的。当年的公公是个风流倜傥的才子，宦海得意，他接姨娘最初是在城南的贾家胡同筑"爱巢"，后来公公为了要把姨娘接回家，所以先征得两个大儿子的同意，而且他们也有时到贾家胡同去，只是瞒了婆婆一个人。公公在沉痛之下，曾对儿子们说："我一生就做错了这么一件事，对不起你们的娘。"他又解释说："我不过是和朋友赌一口气。"公公究竟是和哪个朋友赌的气，又是哪门子气，家里也没有人知道。**婆婆**当然常常不愉快，有时也会闹一闹，公公也没办法，他对**婆婆是敬重**的，有几分怕她。当然公公也爱婆婆，他爱婆婆是敬畏的爱，**责任**的爱；他爱姨娘是怜惜的爱，由衷的爱。姨娘跟公公时，还是一个完美无瑕的大姑娘。

姨娘曾经洗砚研墨，**跟着公公学字学诗**，也风雅过几年。我不以为公公所说的"我一生**就**做错了这么一件事"，是一句由衷的话，我想她仍是公公的一个爱妾,只是公公在老妻和那么一堆大儿大女面前,不愿过分表现对她的情意就是了。然而,从公公的许多诗词文章中,字里行间都有和姨娘的爱情的履痕屐迹在啊!公公在文中多称姨娘为"曼姬",他偶尔也提到婆婆,他管婆婆叫"健妇"。每有游,必赋诗,每诗必有"携曼姬游"的字样,从这里还看不出公公对姨娘的情意吗?

姨娘是个非常节省的人,公公北伐前在关外做官的那个时期,该是姨娘这一生最风光得意的年代了。她跟着公公在关外逍遥自在地住了几年,上面没有"大",下面没有"小",她是唯一的一个。回关来的时候,有几箱子皮货,我婚后只见她每届春季便在院子晒皮货,家中上上下下为之侧目。我记得我到堂屋去的时候,婆婆便会唤住我,跷起了小拇指说:"这个人,又在晒皮货啦!"这几箱皮货,终于落到上缴的地步。

我和姨娘很谈得来,在大家庭时,她就住在我楼下,我下楼见她屋门敞开着,就进去聊聊天。她也喜欢吾儿祖焯,在要来台湾时,她正好住娘家,我带了焯儿向她辞行,她把收集的旧中交票、河北银钱局崭新的拾枚、贰拾枚票送给焯儿,我至今还保留着。

姨娘一生无所出,想跟婆婆姊妹相称,被婆婆拒绝,虽收到老七做儿子,但婆媳间相处极恶。她一生没得到什么,得到的只有公公对她的全心的爱吧!

独向黄昏一孤冢

在箱子底下,压着一个老式的提袋,是用梭子手工织的,现在的女孩子不懂得梭子这玩意儿,我在小学的女生缝纫课上,倒也略学过,那编织方式就像现在用钩针钩线绳一样。抗战胜利以后,这线织提袋是由承栋二哥带回来交给我们,里面是装了一包五婶留给我的"细软"——一对金镯、玉珮等等。

她是我从来没见过的婆婆,承楹过继给她的时候,我还不知道在哪儿,等到我们一九三九年结婚,她已经随着南京的大批家人逃难直奔入川了。我手中除了"细软"之外,还留有她和我的通信。我们结婚后,就寄信并结婚照给她,虽然一在日本占据的北平,一在抗战的后方,但通信的机会,比现在台湾跟大陆似乎还好些呢!

五婶也姓林,名宝琴,字蕴如。她初知道我也姓林,非常高兴,一九四〇年一月八日来信说:"……昨接来信照片,披阅之下,恍如面晤,见汝(指承楹)身体似觉略长,面容亦较丰满,深慰远念,汝与含英工作相偕,志同道合,甚善甚善。含英与我同姓,自是一家,今为姑媳,可谓有缘,唯望得归故里相聚,则余愿足矣!"接着她把南京五叔留下的房产,仔细地描绘了一遍,并且详细地告诉我们,前进后进属谁属谁,告诉我们要注意,其实这所房子已被日本人炸为平地,怎好告诉她。

五婶是在她们老妯娌中,学识最高的,她自幼随她的祖父读经史,后来曾在江苏省立女子师范学校任国文及历史教职。她的旧诗尤佳。林家和夏家同属江宁籍,两代相交,五婶是在芜湖和五叔结婚的。五叔是承楹最小的叔叔,因为得祖母的钟爱吧,读书平平,我想他还不及他妻子的文采!

我写此文,本预备找到五婶的照片同刊,曾写信给五婶的娘家侄子我们的表兄林杞先生，可惜的是他手中也没有，倒是告诉我一些林家族史，及他追忆姑母的事迹。最可贵的是林表兄把留在他手中的唯一的一册五婶的手迹——入川以后的诗著寄给我，他信中说："知道你要写一篇纪念'我的三位婆婆'的文章，意义非常好，也表示了你的孝思。你亦是林家姑奶，你以往未见过我的五姑（即你们的五婶），林家过去的事也应当知道一些，在这资料中更可知她老人家的身世个性……"

五婶的手泽，是写在毛边纸订成的本子上，题名"随记"，纸已发黄，是从一九三七年因抗日离南京，先避难到安徽当涂、无为，一路以诗方式写的，写到她居四川白沙，共得四十四首，是可谓史诗了。五婶是一九四三年谢世，时年六十八岁。这手泽保存了半世纪。

她和五叔无所出，五叔是个平庸的男人，但他们的感情非常好。五叔于一九三四年去世，从此她就孤独地过了一生。抗战时期，我们与她海天远隔，虽然过继给她，却可说没尽到孝，真是遗憾。她疼爱承楹和我，就在那样的艰苦抗战岁月，她又多病，还给我留下些首饰，如换别人不是早该变卖疗病了吗？

在她的四十四首诗作中，大都是思乡忧国之作，一路进川，对于写景也非常好，我吟之再三，不禁鼻酸，想到她入川后，一直期待归回故园，终不可得，或可以说是忧伤而去吧！她最初是由南京避难到当涂、无为，有一首《过干湖》写她于清光绪丙申在芜湖归夏氏，今番重游已经是四十一年过去了。《舟行》一首写海上险景：

四十余人共一船,风波险阻泊江边。
天心故厄颠连者,历尽凄凉草舍前。
(舟行避着泊于僻处险风三日岸边有草屋三间。)

她从无为又到汉口,由汉口入川,经过宜昌,自《宜昌入蜀道中》写道:

层峦叠嶂倚天开,避户山居次第排。
梯级生成如建设,宛然图自画中来。
蜀山雄秀蜀江清,三峡奔流宛转行。
潮打浪花浸客坐,崎岖怪石水中生。

到了四川以后,在一次轰炸后奔赴白沙居住,便去世于此,她曾于《江楼闲眺》写道:

家住吴山畔,人居蜀道边。思乡流尽泪,望远隔遥天。每忆儿曹信,时怀雁序还。飘零何日已,空赋断肠篇。
万种愁思并,艰难集一身,病深唯占药,家远故依人。倚枕听朝市,凭窗望水濒。扁舟归去客,怅触黯伤神。

她在一首《山墓》中写道:

青青墓上草,中有长眠人。

> 美君宁静处,却免撄风尘。

这是她诗作中的最后一首,岂不是为自己写照?五婶的孤冢留在四川白沙,却也有四十四年之久了。

我的三位婆婆,除了亲婆婆过世较早几年,也许还有家人的祭拜,另两位婆婆就更可怜了。五婶某诗中有"闲庭寂寂景萧条"之句,读后感触颇深。前年焊儿夫妇由美到大陆去,到了北京他要去永光寺故居,那宅子已经住了二三十家人,堂兄弟不要他去,他非要去,他说:"我要看看奶奶的堂屋,我小时在那儿嬉戏的地方。"堂弟拗他不过,他去了,庭院杂乱一片,盖满了一家家的小厨房,他想由院子里拍一张奶奶堂屋的照片而不可得,只好从长廊直照过去,那是怎样一张破烂照片啊!

一九八七年母亲节

[海音附记]我对过继婆婆五婶,因为从未相见相处,所以知道得太少。写了前稿后,又写信给五婶的娘家侄子表兄林杞先生及夏家的侄儿夏阳(夏祖湘),要他们从记忆中给我写些他们对五婶个性或为人的描述,下面就是他们所写的摘录:

我对姑母的追思

林 杞

……姑母名林宝琴,字蕴如,一名夏林(任教时名)。生于光绪二年(公元一八七六年),光绪二十二年于芜湖适南京同乡夏仁师姑丈。一九一一年即任教于江苏省立女子师范学校,担任国文及历史教席。一九三三年姑父患神经忧郁症于一九三四年逝世。一九三七年抗战与南京家人一路南下经由安徽当涂、无为、重庆至白沙。一九四三年久病谢世,葬于东川白沙之阳。

姑母为人沉默寡言,明是非,识大体,处世泰然而有定见,常言命也,听其自然,颇为达观。姑母对我非常宠爱,因我家男丁少。而我与姑母相处虽不久,但时有过从,受尽至深。

姑母与姑父情感至笃,而姑父对姑母的和顺无微不至,真可谓是琴瑟和鸣,比翼连理,有不渝之情。姑母在北京因病及侍奉婆母(海音注:因婆母亦吸鸦片)而染嗜阿芙蓉,姑父亦随而好之,我经常见姑父煮生烟饼熬成膏,不厌其烦。在卧室内设一长榻,榻旁一小方桌,桌上置有烟盘,盘内有烟灯、烟枪、烟签、烟膏等。两人轮流吞云吐雾,望之风神潇散、羽化登仙之况,真是逍遥安详、神仙眷属。平时手不释卷(爱读唐诗及林纾所译小说),自姑母病后,提心吊胆地护侍,至甚憔悴。

姑母常以我林氏祖德宗功言行典故告勉,对林氏始祖比干公,以至唐时九牧公明经及第以来,仕宦相继,有无林不开榜之誉,面告书示,因此受她影响而编纂《林氏家乘》。

我最后一次与姑母晤谈,彼此甚为感慨,是一九三七年十二月,十三日南京陷于日本军阀前半月,我至安徽当涂探望姑母,相谈痛恨日军阀横行霸道,论及时事,她说:"……顽敌压迫而至焦土抗战,从此是最后关头,我们骨肉流离,是永无宁日了。"因此回忆一直到现在,我们还是在流离牺牲中,岂不痛心吗?……

印象中的五奶奶

夏 阳

……我最记得五奶奶的印象,还是在南京的时候,抗战以前。大概在三四岁的时候,我已经从事"新闻事业",就是每天大概下午的光景,穿过花园去到三祖父那里,把报纸送去院子对面五奶奶处,给她看。她就问我拿了水果没有?我说:"有。"她就算了。说:"没有。"她就给我,印象中都是苹果。然后我就拿给祖母,要她切两半,一半有籽,一半没有籽,有籽的留给哥哥放学吃,我认为有籽的那一半比较大,所以留给哥哥,真是"融四岁,能让梨"呀!五奶奶好像都在屋里消磨,记忆中像是瘦小的,每天看见她似乎都在抽水烟,地板上全是烧焦的洞,都是她吹水烟剩余的烟丝烧的。

看她诗中说逃难到无为的时候,有江边草舍的记述,我似乎也有一点点印象。三爷爷在芜湖去世的,我有印象,以后去汉口、重庆、白沙,我都有一些记忆,但记不得当时的五奶奶。她在白沙去世,我也没有印象,哦!对了!她大概后来因病留在白沙吧!我记得和奶奶、三奶奶坐木船回南京,当在一九四三年之前。五奶奶诗中有"凭窗望水濒"句,我记得许多人去过一个地方,从船窗可以看见江景,我印象很深,但不知是不是五奶奶住的地方?……

婆婆的晨妆

五十多年前,我初结婚时,婆母常跟儿媳妇们谈起她做儿媳妇时代的生活,曾很感慨地说:"那时候儿媳妇不好做呀!要起五更梳头,早起三光,迟起慌张嘛!"她又告诉我们,所谓三光是头、脸、脚。早起早梳洗,迟起误了到婆婆屋去请安的时辰,是有失礼貌的。

那时梳头、缠足是费时的化妆。婆婆是缠足,我们知道她每天临睡前洗脚、缠足,总要弄到半夜才入睡。先是仆妇给她准备了几壶开水,她把开水灌入一个高脚的木盆里,慢慢烫洗。我们可以想象散开裹了一天缠脚布的脚,是多么紧疼!如今可得好好泡泡,松快松快了。洗好擦干之后,还得在足缝里撒上"把干"的滑石粉之类,这才穿上睡鞋、睡袜上床。

我的母亲也是缠足,但是四五岁缠足,到了十岁样子就放足了。这倒要拜日本侵台之功,他们禁止妇女缠足,所以母亲放了足,但是脚底的骨头已经折断,她有时表演给我们看,用手握住脚背凹弯下去,中间竟是折叠的。

中国妇女缠足在唐以前是没有的,据说是起于南唐李后主:

"后主宫嫔窅娘,纤丽善舞,乃命作金莲高六尺,饰以珍宝绸带璎珞,中作品色瑞莲,命窅娘以帛缠足,屈上作新月状,着素袜,行舞莲中,回旋有凌云之态,由是多人效之。此缠足所自始也。"(摘自《闲情偶寄》中附录余怀之作)。唐以前的诗人墨客所写作品中形容妇女的足美,如李太白诗云:"一双金莲屐,两足白如霜。"韩致光诗云:"六寸肤圆光致致。"杜牧之诗云:"钿尺裁量减四分。"《汉杂事秘辛》云:"足长八寸,胫跗丰妍。"都指的是没缠过的天足。

好在这一千多年前的缠足之俗,到二十世纪的现在,已经全都消灭。生在现代,我们真是幸福的。

再谈婆婆的另一晨妆——梳头。这也是很重要的,三光之一嘛!

婆婆早晨起来,洗过脸后,就会拿出她的梳头匣子,肩头上披一块布,把头髻拆散,让头发披散下来,梳头、抿油、绾髻、别金簪,完成梳头的化妆程序。然后再在脸部擦面霜、白粉,这时三光完成了,只等我们到堂屋向她"请安",其实就是带孩子去叫"奶奶",奶奶会把早预备好的糖果拿出来,说一声"乖!"塞在孙儿们的手里,我也会叫一声:"娘!我上班去了。"(我也是三光:烫发卷儿、胭脂粉儿、高跟鞋儿。)把孩子撂在堂屋,等仆妇收拾完屋子下来带走。这时三光已毕的奶奶早坐在堂屋里的太师椅上抽水烟袋了。

所谓堂屋,是一家之主婆婆的起居室(Living room),也是我们这几十口人大家庭的生活中心。婆母从早便坐镇堂屋,不论是出去的、回来的、办公的、上学的,丈夫、姨太太……出出入入,各房头要商量什么事,或是晚上闲聊,都在这里,她都看得见。我们结婚初期,尚未分炊,所以饭厅也在这里,吃大锅饭的时候,饭桌上就是交换消息的地方。说实话,我很怀念这婚后前几年的生活。

我不是说婆婆已经梳洗三光完毕了吗?但是她下午有时会在堂屋里,或天气好在宽大的前廊下,坐在藤椅上,又披散了头发,把它们由脑后拢到右前边来,用篦子篦头发。篦发也是梳发的一种,但用具不同,篦子和梳子是两种梳具,可以这么说:疏者叫梳,密者叫篦。就叫它们是梳子的姊儿俩吧!篦子的形状、质料和梳子都有不同。梳子的质料,有木的、竹的、玉的、角的、金的、银的、珐琅的、铜的等,但是篦子的质料却只有竹的,因为它们的作用不同。梳子除了梳头以外,还可以当头上的装饰品,就是现代中外妇女的发饰,也还有用梳子的,而篦子只有一项用途——篦头发,是专为了去发垢,如头上发间的头皮、油垢、尘灰等。

你也许会说,头发脏了就洗嘛!但是要知道,旧时妇女是不太洗头发的,怕洗多了受凉得头风呀!所以旧时连婴儿小孩都不洗头而只篦头发的。

我看婆婆用篦子从头顶一绺一绺地篦下来,动作很有韵律的呢!

那篦子也不是直接用,要把撕薄了的棉花塞在篦子上一排,等篦好了头发,再把棉花剔下来,污垢随着棉花下来扔掉,一点儿都不会留在篦子上,篦子仍是干净的。我婆婆虽已经发白又秃,还是这么篦头而不洗头,正如我读到杜甫某诗中有两句"耳聋须画字,发短不胜篦"的情形一样。

我还见到一种小篦子,只有平常的一半大,原来那是给男人篦胡子用的。把它和耳挖子、打火机、修指刀、牙签、小放大镜、眼镜盒、烟袋、烟、手帕、小镜子、钱袋等男人身边用品都挂在腰间带子上,很有趣。

《水浒传》里曾读到有"篦头铺"一词,就是现在的理发店呢!

我在李笠翁的《闲情偶寄》中《修容篇》的"盥栉"一章中读到一小段他对用篦子的看法,颇有见解。他是这么说的:"善栉不如善篦,篦者,栉之兄也。发内无尘,始得丝丝现相,不则一片如毡,求其界限而不得,是帽也,非髻也;是退光黑漆之器,非乌云蟠绕之头也。故善蓄姬妾者,当以百钱买梳,千钱购篦。篦精则发精,稍俭其值,则发损头痛,篦不数下而止矣。篦之极净,始便用梳,而梳之为物,则越旧越精;人惟求旧,物惟求新,古语虽然,非为论梳而设,求其旧而不得,则富者用牙,贫者用角。新木之梳,即搜根剔齿者,非油浸十日,不可用也。"

这样看来,我们老祖母头上的三千烦恼丝,可也不简单哪!

我父亲在新埔那段儿

从台北坐纵贯线火车南下,到了新竹县境内的竹北站下车,再坐十五分钟的公路车向里去,就到了新埔。新埔并不是一个大镇,多少年来,也没有什么太大的发展。她远不如我的家乡头份——在苗栗县境内的竹南站下车,再坐十分钟公路车就到达的一个镇——近年来发展得迅速。新埔有点名气,是因为那里出产橘子,俗名叫它椪柑,外省人谐音常管它叫"胖柑"。它确实也是金黄色,胖胖的神气。但是天可怜见,新埔近年"地利"不利,不知什么缘故,橘子树忽然染上了一种叫做黄龙病的症候,就都逐渐被毁掉了,现在只剩下很少很少的在那里挣扎。很多人改种水梨了,但台湾的梨,也还待研究和改良,希望有一天,新埔的水梨,能像新埔的椪柑那么神气起来吧!

新埔有一所最老的小学,就是当年的新埔公学校,今天的新埔国民学校。就拿她的第十四届的毕业年代来说吧,已经是在半世纪前的一九一六年了。新埔公学校的第十四届毕业生,有一个同学会,每五年在母校开一次会,他们(也有少数的她们)现在起码都是六十四岁以上的年纪了。把散居各地的六七十岁的老人家,聚集在一起,即使是五年才一次,也不是一件顶容易的事,虽然台湾没多大,交通也便利。同学们固然多的是儿孙满堂,在享受含饴弄孙的退休生活;可也有的也常闹些风湿骨节痛的老人病,更有一半位老来命舛,依靠无人,生活也成问题的。所以在五年一聚的照片上,每一次都比上一次的人数少,怎不教这些两鬓花白的老同学感叹时光的流转,是这样快速和无情呢!因此他们更加珍惜这难得的一聚。他们也许会谈谈这五年来的各况,但更多的是徘徊在母校的高楼下,看他们故乡的第三代儿童们,活泼健康地追逐嬉戏于日光遍射的校园中,或者听孩子们琅琅的读书声。抚今追昔,会勾引起很多回忆的话题的。

他们记得五十多年前的母校,只有六间平房教室,上了层层台阶,进了校门,就只有一排四间教室,向右手走去还有两间,如此而已。他们也都能记得前几年才在日本故去的日人安山老师。但是更早的记忆,却是一位来自头份庄的年轻而英俊的老师——林焕文先生。他瘦高的个子,骨架英挺,眼睛凹深而明亮,两颧略高,鼻梁笔直,是个典型的客家男儿。他住在万善祠前面学校的宿舍里,平日难得回头份庄他的家乡去。

焕文先生的英俊的外表和亲切的教学,一开始就吸引了全班的孩子们。他们都记得他上课时,清晰的讲解和亲切的语调。他从不严词厉色对待学生。他身上经常穿着的一套硬领子,前面一排五个扣子的洋服,是熨得那么平整,配上他的挺拔的身材,潇洒极了。按现在年轻人的口气来说,就是:"真叫帅!"其实那时是一九一〇年,还是清朝的末年,离开他剪掉辫子,也还没有多久。他是普通话学校毕业的,先在他的家乡头份教了一年书,然后转到这里来,才二十二岁。教书,也许并不是这位青年教师一定的志愿,但是他既然来教了,就要认真,就要提起最高的兴趣,何况他是很喜欢孩子的呢!

焕文先生在新埔的生活,并不寂寞,除了上课教学,下了课就在自己的宿舍里读书习字。他虽然是出身于日本国的"普通话学校",但他的老底子还是汉学,那是早由他的父亲林台先生给他自幼就打好根基了。因此在那样的年纪,那样的时代,他就学贯"中日"了。在他的读书生活里,写字是他的一项爱好。他写字的时候,专心致力,一笔一画,一钩一撇,都显得那么有力量那么兴趣浓厚,以至他的鼻孔,便常常不由得跟着他的笔画,一张一翕的,他也不自觉。

班上有一个来自乡间的小学生,他因读书较晚,所以十一岁才是公学校的一年生。他时常站在老师的书桌前,看老师龙飞凤舞地挥毫,日子久了,老师也让他帮着研研墨,拉拉纸什么的,他就高兴极了,觉得自己已经从老师那儿熏染点儿什么了。有一天老师忽然对他说:

"你如果很喜欢我的字,我也写一幅给你,留做纪念吧!"

那个学生听了,受宠若惊,只管点头,一时不知怎么回答才好。焕文先生写了一幅《滕王阁序》给他。这幅字,他珍藏了不少年,二次世界大战时,台湾被盟军轰炸,他的珍藏,和他所写的一部血泪著作的原稿,便随着他东藏西躲的。幸好这部描写台湾人在日本窃据下生活的小说《亚细亚的孤儿》和它的主人吴浊流先生,藏得安全，躲过了日本人的搜寻网，而和台湾光复同时得见天日，但是《滕王阁序》却不知在什么时候遗失了。

吴先生说到他的老师当年的丰采，和在那短短两年中，所受到的老师的教诲，以及相处的情感，不禁老泪纵横。想想看吧，一个老年人流起泪来，有什么好看？但是怀旧念师的真挚之情，流露在那张老脸上，却也不是我这支圆珠笔所能形容的。

焕文先生有一个堂房姐姐，人称阿银妹的，嫁在新埔开汉药店。阿银妹不但生得美丽，性格也温柔，她十分疼爱这个离乡背井来新埔教书的堂弟。她不能让堂弟自己熨衣服，还要自己煮饭吃，那是没有必要的。所以，如果堂弟没有到她家去吃饭，她就会差人送了饭菜来，饭菜是装在瓷制的饭盒里，打开来尽是精致的菜。焕文先生一辈子就是爱吃点儿可口的菜。

他也时常到阿银妹家去吃饭，班上那个最小最活泼淘气的蔡赖钦，和阿银妹住得不远，所以他常常和老师一道回去。如果老师先吃好，就会顺路来叫他，领着他一路到学校去。如果他先吃好，也会赶快抹抹嘴跑到阿银妹家去找老师。老师不是胖子，没有绵软软的手，但是他深记得，当年他的八岁的小手，被握在老师的大巴掌里，是感到怎样的安全、快乐和亲切。如今蔡赖钦是八岁的八倍，六十四岁喽！我们应当称呼他蔡老先生了！蔡老先生现在是一家代理日本钢琴的乐器行的大老板，他仍是那么精力充沛，富有朝气，活泼不减当年。不过，说起他的老师和幼年的生活，他就会回到清清楚楚的八岁的日子去。

蔡老先生记得很清楚，关于新埔公学校的校匾那回事。学校该换个新校匾了。按说当时学校有一位教汉学的秀才,不正该是他写才对吗?可是蔡老先生骄傲地说,结果还是由年轻的老师来写了,可见得老师的字是多么好了。

老师的字,在镇上出了名,所以也常常有人来求,镇上宏安汉药店里,早年那些装药的屉柜上的药名,便是由老师写的。十几年前,还可以在这家药店看见老师的字,但后来这家汉药店的主人的后代,习西医,所以原来的药店已不存在了。

当蔡老先生说着这些的时候,虽然是那么兴奋,但也免不了叹息地说:

"日子过得太快、太快,这是五十六年前的事了!林小姐,你的父亲是哪年去世的?"

哎呀!到现在我还没告诉人,那个年轻、英俊、教学认真、待人亲切的林焕文先生,就是我的父亲啊!

关于我父亲在新埔的那段儿,我是不会知道的,因为那时没有我,我还没有出生,甚至于也没有我母亲,因为那时我母亲还没嫁给我父亲,我母亲是在那时的六年以后嫁给我父亲的,我是在那时的八年以后出生的。

我的父亲在新埔教了两年书,就离开了。我前面说过,焕文先生不见得是愿以一个小学教师终其一生的人,所以当有人介绍他到板桥的林本源那儿去工作时,他想,到那儿也许更有前途,便决定离开了新埔。离开新埔不难,离开和他相处两年的孩子们,就不容易了,所以当他把要离开的消息告诉同学们时,全班几十个小伙子、小姑娘,就全都大大地张开了嘴巴,哭起来了,我的父亲也哭了。

我的父亲离开新埔，就没得机会再回去，因为他后来在板桥娶了我母亲，同到日本，三年以后就到北平去。不幸在他四十四岁的英年上，就在北平去世了。

蔡老先生听我告诉他，不住地摇头叹息，他自十岁以后，就没再见到我父亲，别的学生也差不多一样，但是他们都能记忆，父亲在那短短的两年中，在他们幼小的心灵中，是种下了怎样深切的师情，以至于到了半世纪后的今天，许多世事都流水般地过去了，无痕迹了，一个乡下老师的两年的感情却是这样恒久，没有被年月冲掉。

1966年8月8日

黄昏对话

秋很高,黄昏近了,她的颜色像浓红的醇酒,使人沉醉。

我在这时思想游离了,想到西山的红叶,但是沉醉在这个黄昏下的,却是摇曳的大王椰子;绿色的椰叶上蒙着一层黄昏的彩色,她轻轻地摇摆着。

妈妈不知在什么时候穿过摇摆的椰树来了。

妈妈的银发越来越多了,它们不肯服帖在她的头上,一点小风就吹散开,她用手拢也拢不住。她进来一坐下就说:

"我想起那个名字来了。"

她的牙齿也全部是新换的,很整齐,但很不自然地含在嘴里,使得她的嘴型变了,没有原来的好看,一说话也总要抿呀抿的。我说:

"什么名字呀?"

她脱掉姻伯母修改了送给她的旧大衣,流行的样子,但不合妈妈的身材。她把紫色的包袱打开,拿出一个纸包来:

"刚蒸的,你吃不吃?我早上花了一盆面,用你们说的那种花混。"她递给我一个包子,还温和,接着又说:"就是那个,一种花的名字。"

她想了想,又忘了。

我把包子咬了一口,刚要说什么,美丽过来了,她说:

"婆婆,你别说花混好不好!你说发粉,你说,婆,你说——发粉。"

妈妈笑了笑,费力的说:"花、混。"她知道还是没说对,哈哈笑了,"别学我好不好?"

"你不是说你是老北京吗?"美丽又开婆婆的玩笑。

"北京人对婆婆说话要说您,不能你你你的。只有你哥哥还和我说您。"

"我哥哥是马屁精,他想跟你要舅舅的旧衣服穿,就叫您您您的!"美丽说完跑掉了,妈妈想拍她一下也没拍着。

我想起来了,又问:

"您到底说的什么花的名字呀?"

"对了,"妈妈也想起来了,"就是你那天说你爸爸喜欢种的,台湾话叫煮饭花,北京人叫什么来着,瞧我又忘了。"

"再想想。"

"想起来了,"妈妈高兴地又抿抿嘴,"茉莉花。"

"茉莉花?怎么也叫茉莉花呢?茉莉花是白的,插在头上,或是放在茶叶里的呀!"

"就是也叫茉莉花,一点不错。"

"台湾话为什么叫煮饭花呢?"

"要煮饭的时候才开的意思。"

"那也是在该煮晚饭的时候。可不是,爸爸每天下班回来,从外院抱着在门口迎接他的燕生呀,阿珠呀,高高兴兴地进来了,把草帽向头后一推,就该浇花了。这种茉莉花的颜色真多,我记得还有两色的,像黄的上面带红点,粉红的上面带紫点,好像这里的啼血杜鹃花。"

"你记不记得这种花结的籽?"

"怎么不记得,黑色的,一粒粒像豌豆那么大,掰开来,里面是一兜粉,您说可以搽吗,可以搽吗?您搽过吗?"

"可以搽,可是我没搽过。"

"您搽粉也真特别,总是不用粉扑,光用手抹了粉往脸上来回搽着,那是为什么?"

"用手搽混,比混扑还好用哪!"妈妈的"混"又来了。

"那您现在怎么又不用手了呢?"

"现在的混扑好用呀?"

妈妈说着就用手往脸上来回搓了一遍,这是她平常的习惯,这样搓一遍,脸上好像舒服了。我看着她的皮肤在这几年松弛多了,颈间的皮,在箍紧的领圈里挤出来,一下子就使我想到"鸡皮鹤发"这四个字上去。妈妈大概也在想什么,黄昏的浓酒的颜色更浓了,它的余晖从墙外,从树隙中穿过来,照在廊下的玻璃上,妈妈坐在那旁边,让黄昏笼罩在她的银发上,使我想到茉莉花池旁妈妈的年轻时代。不知道妈妈在想什么?会在想我的婴孩时代吗?偎在她的怀里吃奶?梳紧了我的一根又黄又短的小辫子?为了被猫叼去的小油鸡在哭泣?为了不肯上学被爸爸痛打?但是妈妈这时微笑说：

"你爸爸能把一挑子花都买下来，都没地方种了，就全栽在后院墙脚下，你记得吧？"

又是爸爸的花！

"我记得，后面那个没人去的小小、小小的院子，顺墙还种了牵牛花呢！到了冬天，花盆都堆在空屋里，客厅里又换了从厂甸买来的梅花，对不对？"

妈妈点点头。

我又想起来了："好像爸爸的花，您并不管嘛！"在我的印象中，没有妈妈浇花、种花的姿态，她只是上菜场，买这样买那样，做了给爸爸吃，他还要吹毛求疵，说妈妈这样那样弄不好。只有一回妈妈不管了，因为爸爸宰了一只猫吃。我说：

"您记得爸爸宰猫的事吧？"

"哼！"妈妈皱皱鼻子，好像还闻得见三十多年前的猫腥味儿，"你的太婆，就曾自己宰过一只小狗吃，因为没有人敢宰。"

太婆自己宰狗吃的故事，我听过好几次了，就是爸爸宰猫的事，我也记得很清楚，而且我也是吃猫的当事人之一，但是我喜欢再谈到它，好像重温功课一样，一遍比一遍更熟悉我的童年，虽然它越过越远。

"爸爸怎么想起要吃猫来啦？"我问。

"也巧，虎坊桥厨房的房顶上有个天窗，你记得吧？原来没有糊纸的，那次糊房子就给糊上了一层纸，刚好一只又肥又大的野猫踏了空，便从天窗掉下来，跌得半死，你爸爸立刻想到宰了吃。"

"我记得是车夫老赵帮着弄的。"

"是嘛！猫皮扒下来,老赵还拿去卖钱呢！"

"那锅肉怎么煮的?"

"像红烧肉一样红烧的呀！切了块儿。"

"哎哟!"我耸耸肩,咧咧嘴,表示怪恶心的样子,但是妈妈笑了:

"你还哎哟哪！你吃得香着哪！只有你爸爸和你和你弟弟吃。我们可是离得远远的！"

是受了爸爸这方面籍贯的遗传吧,我们的祖先是来自狗猫猴蛇都吃的那个省份,说是最讲究吃,其实多少还带点儿野性。

"后来呢?"其实结果我早知道,但是还要听妈妈讲一遍。

"后来那只锅,怎么洗,我也恶心,老有一股味道,我就把它扔掉了。"

"猫肉什么味儿?"我问妈。

"你吃过的呀！"

"可是早忘了。"

"是酸的,听说。"

妈妈站起来,扑掸着落在身上的香烟灰。她又点起了一支香烟。

黄昏越来越浓了。美丽过来,捻开电灯,屋里亮了,屋外一下子跌入黑暗中。

美丽说:"婆婆,你在这里吃饭吧,天都黑了。"

"我在这里吃饭? 你舅舅呢,那你舅舅回家吃什么?"

"讨厌的舅舅,谁教他不快结婚!"

妈妈坚持要走,她走过去收那块紫色的包袱,发现她带来的包子被三个女孩子吃光了,她说:

"也不懂给你爸爸留,我特别做的冬笋下。"

"婆婆,读'馅儿',不是'下'!"然后她们打开了冰箱,"看!"

妈妈看见里面留着还有,安心地笑了。

妈妈穿起那件不合体的大衣,走到院子里,黄昏的风又吹开她的银发,我想说,拿发夹夹上吧,但是三个女孩子已经拥着妈妈走出门去了。

1962 年

平凡之家

感谢朋友们的关怀,她们的来信总是关心到我的生活:"真难为你拖儿带女的。""不用人还拖着三个孩子?""既不用人又要写文章。"……大概我在不曾见面,或者久不见面的朋友想象里,该是一个一天到晚愁眉苦脸,加上一肚子牢骚的女人,拖着三只丑小鸭,站在灶边,一顿又一顿,做着烧饭的奴隶,岂不是一个"准平凡"的女人吗?

说起平凡的生活,我确是一个乐于平凡的女人,朋友们都奇怪我在这两间小木房里,如何能造成康乐的地步?我却以为古人能够"一箪食,一瓢饮,在陋巷"而不改其乐,我怎么就不能在这十叠半席的天地里自得其乐呢?西谚有云:"听不见孩子哭声的,不算是完整的家。"那么我对于儿女绕膝的福分,还不应当满足吗?在我们的小家庭里,我的女高音从来是压不住孩子们的三部合唱。有时候我要跟他谈几句话,竟会被正在高谈阔论的小女儿喝道:"妈妈不要插嘴!"我们的平凡生活里,孩子是主要的成分呢!

我读过许多描写得有如琼楼玉宇的"吾庐"文章,看看别人所描绘的家,对于并不属于我的十叠半的"吾庐"就更不敢献丑了,但是正如梁实秋先生对他在四川居住的"雅舍"所说:"我不论住在哪里,只要住得稍久,对那房子便发生感情,非不得已我还是舍不得搬……纵然不能蔽风雨,'雅舍'还是自有它的个性,有个性就可爱。"我最初搬到这十叠半来的时候,心情之沉重,难以形容,看着堆在壁橱里的十五公斤行李,想起北平扔下的一大片,真要令人闷绝,怕他骂我想不开,夜里钻在被窝里,不知淌了多少眼泪!但是两年住下来,就犯了北平人的懒脾气。最近听说他的机关有把我们全家配到一栋多出两叠的房子去,自幽谷迁于乔木,可喜可贺,但是我和他反而留恋起两年厮守的这两间木屋来了,母亲还以为我是舍不得曾投资于修理厨房的两包水泥呢!

今日阳光照在书桌上,觉得格外温暖,我忽然想起这两年来,在这十叠半的天地里,实在是健康多过病弱,快乐多过忧愁,辛勤多过懒散,接待过许多徘徊台北的朋友们,有过多少次的夜谈之乐,这一切怎不使人对这木屋的情趣留恋呢!

我们的生活情趣重于快乐的追求,有人说我们该是没有理由快乐的家庭,丈夫是一个自甘淡泊的人,因之我们的生活也就来得紧张些,但是我们在紧张中却不肯牺牲"忙里偷闲"的享受,张潮《论闲与友》里说:"人莫乐于闲,非无所事事之非之谓也。闲则能读书,闲则能游名胜,闲则能交益友,闲则能饮酒,闲则能著书。天下之乐,孰大于是?"然则快乐的心情,却要自己去体味。有人看我们在孩子们熟睡后,竟敢反锁街门跑去看一场电影,替我们捏一把汗,说是台湾的小偷闹得很凶,可是我们仍不愿放弃儿辈上床后的这一段悠闲的时间,夜读、夜写、夜谈、夜游,都是乐趣无穷的。有时候夜读疲倦,披衣而起,让孩子们在梦中守家,我们俩到附近的夜市去吃一碗担仔面,回来后如果高兴的话,也许摊开稿纸,把瞬间所引起的情感,记在上面。

把一切归罪于"贫穷",是现代生活里人们常有的心情,我却以为应当体味《祖母的精神生活》一书中所说的祖母的人生观:

"孤独不算孤独,贫穷不算贫穷,软弱不算软弱,如果你日夜用快乐去欢迎它们,生命便能放射出像花卉和香草一样的芬芳——使它更丰富,更灿烂,更不朽了——这便是你的成功。"

捉住光阴的实际,快乐而努力地过下去,不做无病呻吟,一个平凡女人的平凡生活,如此而已。

1951 年 3 月 22 日

教子无方

母亲骂我不会管教孩子,她说我:"该管不管!"我也觉得我的儿童教育有点儿特别。

刚下过雨,孩子们向我请求:

"让我们光脚去玩,好不好?"

我满口答应,孩子们高兴极了,脱下板板,卷起裤腿儿,三个一阵呼啸而去。母亲怪我放纵,她说满街雨水,不应当让孩子们光脚去蹚水,我回答母亲说:"蹚水是顶好玩儿的事,我小的时候不是最爱蹚水吗?"母亲只好骂我一句:"该管不管!"

我们的小家庭里,为孩子的设备简直没有,他们勉强算是有一间三叠的卧室,还要匀出我放小书桌和缝衣机的地盘来。还有三个抽屉归他们每人一个,有时三个孩子拉出抽屉来摆弄一阵子,里面也无非是些碎纸烂片破盒子。他们只有一盒积木算是比较贵重的玩具,它的来历是:

儿童节的头一天,大的从高级班同学那里借来全套童子军武装,我家务忙,没顾得问他,所以第二天一早儿,他穿上"童子军"就没了影儿。到了晌午,只见他笑嘻嘻满载而归,发了邪财似的,摆

了一桌子文房四宝——笔墨纸砚什么的,还大大方方地赏了妹妹们一盒积木。问他到哪儿去了,他这才踌躇满志,挺着胸脯说:

"今天儿童节,我代表学校到教育厅'接见'厅长去了。这些全是他赏的。"

我们一听,非同小可,午饭多给了他一块排骨啃。整个晚上大家都拿"接见厅长"当题目谈笑。

就是这样,我们既然没有游戏室,又没有时间带他们到海滨去度周末,蹚蹚街上的雨水,就好比我们家门前是一片海滩,岂不很好?而且他们蹚着水最快乐,好像我的童年一样——说实话,到今天我都不爱打伞、穿雨衣,让雨淋满身、满头、满脸,冰凉凉最舒服。

我记得童年时候,喜欢做许多事情都是爸妈所不喜欢的,因为他们不喜欢,我便更喜欢,所以常常要背着他们做。我和二妹谈起童年的淘气,至今犹觉开心。我们最喜欢听到爸妈不在家的消息,因为那时候我们便可以任意而为,比如扯下床单把瘦鸡子似的五妹包在里面,我和二妹两头儿拉着,来回地摇,瘦鸡子笑,我们也笑,连管不了我们的奶妈都笑起来了(可见她也喜欢淘气)。笑得没了力气,手一松,床单裹着人一齐摔到地下,瘦鸡子"哇"地哭了,我们更笑得厉害,虽然知道爸爸回来免不了吃一顿手心板。

雨天无聊,孩子们最喜欢爬到壁橱里去玩,我起初是绝对不许的,如果他们乘我买菜时候爬到里面去,回来一定会挨我一顿臭骂。有一次我们要出门,二的问爸爸:

"妈妈也出去吗?"

爸爸说:"是的。"

二的把两条长辫子向后一甩，拍着小手儿笑嘻嘻地向三的说："妈妈也出去，我们好开心！"

我正在房里换衣服，听了似有所悟，他们像我一样吗？喜欢背着爸妈做些更淘气的勾当？我的爸妈那样管束我，并没有多大效力，我又何必施诸儿女？这以后，我便把尺度放宽，甚至有时帮助他们把枕头堆起来，造成一座结结实实的堡垒抵御敌人，枕头上常常留有他们的小泥脚印，母亲没办法儿，便只好又骂我："该管不管！"我心想，他们的淘气还不及我的童年一半呢！

成年人总是绷着脸儿管教孩子，好像我们从未有过童年，不知童年乐趣为何物何事。有一天我正伏案记童年，院里一阵骚动，加上母亲唉唉叹声，我知道孩子们又惹了祸，母亲喊："你来管管。"我疾步趋前，喝！三只丑小鸭一字儿排开，站在那里等候我发落。只见三张小脸儿三个颜色：我的小女儿一向就是"娇女儿泪多"，两行泪珠挂在她那"灵魂的窗户"上，闪闪发光；大女儿的脸上涂着"迷死弗多"口红，红得像台湾番鸭的脸；那老大，小字虽然没写完，鼻下却添了两撇仁丹胡子。一身的泥，一地的水。不管他们惹了什么样的祸，照着做母亲的习惯，总该上前各赏一记耳光，我本想发发脾气，但是看着他们三张等候发落的小花脸儿，想着我的童年，不禁哑然失笑。孩子们善观气色，便也扑哧哧都笑起来，我们娘儿四个笑成一团。母亲又骂我：

"该管不管！"我也只好自叹"教子无方"了。

1951年6月20日

三只丑小鸭

孩子们学校放了假,吵吵闹闹地回到了我的身边。

半个月来,台北的雨像泪人儿似的,紧一阵慢一阵哭个不停,三只丑小鸭出不去,就在这间客厅、书房兼饭厅的六叠上设下了天罗地网,一会儿做球场,一会儿做战场。外面是霏雨连绵,屋里是杀喊震天,而我呢,跟着这三只丑小鸭团团转,不知怄了多少气!

上午打发老小上班上学校,我在入厨前,原有一段比较清静的时间可以消磨;听听无线电,喝喝新泡的香片,看看刚送来的日报,这对于时时在紧张生活中的我,说得上是享受吧!可是这段时间也随着假期取消了,如今从临街的窗户送进"豆腐一声天下白"起,解放了我们的早觉,丑小鸭们也就一个个从梦中醒转来,先是唧唧喳喳,像是怕惊醒了我们,最后终于全武行地滚作一团,我这时也不能再充耳不闻,这一起身,五官四肢便如开了电钮一般,忙个不歇,直到日落西山,把他们打发上了床,才算喘过一口气。

偶然写过几篇小孩子好玩的小文,人家都以为我有个理想的快乐家庭。从未见面的文友们也曾来信说,当她们看见我的孩子们在纸上跃然欲出时,想象到我是个满面福相、儿女绕膝的女人,天晓得，欣赏过我家一团糟的朋友，都曾叹观止矣！有些场面堪称伟大惊险；比如，他们把所有可以挪动的家具——竹凳、折椅、沙发全部排列起来，节节加高，从房门口排到壁橱，然后一个个走上去，进了壁橱，裹着毡子盘腿儿坐在壁橱里的被褥垛上，说这便是所罗门王；有时他们把老二五花大绑，背后插把小扇子，让她跪着，表演枪毙女匪首，天哪！我们家离马场町太近了，如果我是今之孟母，也许该搬搬家了；有时我闻见饭焦的味道，要赶快到厨下去，却得经过这座桥头堡，如果碰上他们戒严，还要喝问口令，教我拿什么去答应呢？最糟的是赶上不速之客的光临，要挪出沙发给客人坐，孩子们却比着枪，喊："不许动！"客人连说："没关系。"我更是手忙脚乱，不知所措了！

他和我都感觉到被孩子吵得太凶了，时时希望有人把他们带出去一天，让我们踏踏实实地吃顿饭，让我们安安稳稳地写上几千字。果然有一天他们受外婆的邀请，坐0路巴士绕四城看朋友去了。我们夫妻俩惬意得很，以为这一天除了吃喝玩乐不受儿女的牵制以外，还可以来上几千字的好生意，不过吃饭的时候，他竟糊里糊涂地又照例盛了五碗饭，多了三碗没人动。吃着饭总像是有什么事忘记办，又像是孩子们就要进来，结果两个人无话可说地吃了一顿饭，像鱼喝水一样——没有声音。

饭后文思不来，伏在桌上硬写不出字，心里却惦记着孩子们现在何处？外婆会不耐烦了吧？坐巴士不会把头探到车窗外吧？老三穿少了不会冷吗？终于他也憋出了一句："怎么还不回来？"我不由得拖上木屐，走出巷口外，徘徊，张望，一直到听见喊"妈"的娇呼声,心里才有了着落!这一天结果一字未成!

到晚来,三只丑小鸭又在作怪,哭声,笑声,叫声,乱成一片,电灯也好像比刚才亮些,热些!他又剔着牙,望着孩子们傻笑。只有半天的工夫,却好像是许久没有见面一样。这种时间的感觉,正像老二那句"过去式"的口头语"好几天"一样,哪怕是一小时以前的事,都是好几天了!

不能免俗的农历年又到了,不免磨米蒸糕点缀一番,偏偏又接到编辑先生来信,除了报告"妇周"复刊的消息外,还索稿一篇限两天交卷。此刻虽一笔在手,但桥头堡尚未拆掉,菜头糕也未蒸熟,"熊掌与鱼"教我如何能兼而得之呢!

1951年2月14日

鸭的喜剧

"好,被我发现了!"

尖而细的声音从厨房窗外的地方发出来,说话的是我们那长睫毛的老三。俗话说得好:"大的傻,二的乖,三的歪。"她总比别人名堂多。

这一声尖叫有了反应,睡懒觉的老大,吃点心的老二,连那摇摇学步的老四,都奔向厨房去了。正在洗脸的我,也不由得向窗外伸一头,只见四个脑袋扎作一堆,正围在那儿看什么东西。啊,糟了!我想起来了,那是放簸箕的地方,昨天晚上……

"看!"仍然是歪姑娘的声音,"这是什么?橘子皮?花生皮?还有……"

"陈皮梅的核儿!"老大说。

"包酥糖的纸!"老二说。

然后四张小脸抬起来冲着我,长睫毛的那个,把眼睛使劲挤一下,头一斜,带着质问的口气:"讲出道理来呀!"

我望着正在刮胡子的他,做无可奈何的苦笑。我的道理还没有编出来呢,又来了一嗓子干脆的:

"赔!"

没话说,最后我们总算讲妥了,以一场电影来赔偿我们昨晚"偷吃东西"的过失。因为"偷吃东西"是我们在孩子面前所犯的最严重的"欺骗罪"。

我们喜欢在孩子睡觉以后吃一点东西,没有人抢,没有分配不均的纠纷。在静静的夜里,我们一面看着书报,一面剥着士林的黄土炒花生,窸窸窣窣,好像夜半的老鼠在字纸篓里翻动花生壳的声音。

我们随手把皮壳塞进小几上的玻璃烟缸里,留待明天再倒掉。可是明天问题就来了,群儿早起,早在仆妇还没打扫之前,就发现塞满了的烟缸。

"哪儿来的花生皮?"我被质问了,匆忙之间拿了一句瞎话来搪塞,"王伯伯来了,带了他家大宝,当然要买点儿东西——给他吃呀!"我一说瞎话就要咽唾沫。

但是王伯伯不会天天带大宝来的,我们的瞎话揭穿了,于是被孩子们防备起"偷吃东西"来了。他们每天早晨调查烟缸,字纸篓。我们不得不在"偷吃"之后,做一番"灭迹"工作。

"我一定要等,"有一次我们预备去看晚场电影,在穿鞋的时候,听见老二对老三说,"他们一定会带回东西来偷偷吃的。"

"我也一定不睡!"老三也下了决心。

这一晚我们没忘记两个发誓等待的孩子,特意多买了几块泡泡糖。可是进门没听见欢呼声,天可怜见,一对难姊难妹合坐在一张沙发上竟睡着了!两个小身体裹在一件我的大衣里,冷得缩做一团。墙上挂的小黑板上写了几个粉笔字:"我们一定要等妈妈买回吃的东西。"旁边还很讲究的写上注音符号呢!

把她们抱上床,我试着轻轻地喊,"喂,醒醒,糖买回来啦!"两只眼睛努力地睁开来,可是一下子又闭上了,她们实在太困了。

小孩子真是这么好欺骗吗?起码我们的孩子不是的,第二天早上,当她们在枕头边发现了留给她们的糖,高兴得直喊奇怪,她们忘记是怎么没等着妈妈而回到床上睡的事了。

但是这并没有减轻我们的灭迹工作,当烟缸、字纸篓都失效的时候,我居然怪聪明地想到厨房外的簸箕。谁想还是"人赃俱获"了呢!

讲条件也不容易,他们喊价很高:一场电影,一个橘子,一块泡泡糖,电影看完还得去吃四喜汤团。一直压到最后只剩一场电影,是很费了一些口舌的。

逢到这时,母亲就会骂我:"惯得不像样儿!"她总嫌我不会管孩子,我承认这一点。但是母亲说这种话的时候,完全忘了她自己曾经有几个淘气的女儿了!

我实在不会管孩子,我的尊严的面孔常常被我的不够尊严的心情所击破。这种情形,似乎我家老二最能给我道破。

火气冒上来收敛不住,被我一顿痛骂后的小脸蛋都傻了。发泄最痛快,在屋小、人多、事杂的我们的生活环境下,孩子们有时有些不太紧要的过错,也不由得让人冒火儿,其实只是想借此发泄一下罢了。怒气消了,怒容还挂在脸上,我们对绷着脸。但是孩子挨了骂的样子,实在令人发噱,我努力抑制住几乎可以发出的狂笑,把头转过去不看他们；或者用一张报遮住了脸，立刻把噘着的嘴唇松开来。这时我可以听见老二的声音，她轻轻地对老三说："妈妈想笑了！"

果然我真忍不住地笑了起来，孩子们恐怕也早就想笑了吧，我们笑成一堆，好像在看滑稽电影。

老大虽然是个粗心大意的男孩子，却也知母甚深，三年前还在小学读书时，便在一篇题名《我的家庭》的作文里，把我分析了一下：

"我的母亲出生在日本大阪，六岁去北平，普通话讲得很好。她很能吃苦耐劳，有一次我参加讲演要穿新制服，她费了一晚上的工夫就给我缝好了。不过她的脾气很暴躁，大概是生活压迫的缘故。"

看到末一句我又忍不住笑了，我立刻想到套一句成语，"生我者父母，知我者儿女。"

我曾经把我的孩子称为"三只丑小鸭"，但这称号在维持了八年之后的去年是不适宜了，因为我们又有了第四只。我用食指轻划着她的小红脸，心中是一片快乐，看着这个从我身体里分化出来的小肉体，给了我许多对人生神秘和奥妙的感觉。所以我整天搂着我的婴儿，不断地亲吻和喃喃自语。我的北平朋友用艳羡的口吻骂我，"瞧，疼孩子疼得多寒碜！"人生有许多快乐的事情，再没有比做一个新生婴儿的母亲更快乐。

人们会问到我四只鸭子的性别，几个男的？几个女的？说到这，我又不免要多啰唆几句：

当一些自命为会算命看相的朋友看到我时,从前身、背影、侧面,都断定我将要再做一个男孩的母亲。我也有这种感觉,因为我已经有的是一个男孩和两个女孩,按理想,应当再给我一个男孩。不看见戏台上的龙套吗?总是一边儿站两个才相衬。但是我们的第四个龙套竟走错了,她站到已经有了两个的那边去了,给我们形成了三个女孩和一个男孩的比例,我不免有点懊丧。

因此外面有了谣言,人们在说我重男轻女了,这真冤枉,老四一直就是我的心肝宝贝!

我的丈夫便拿龙套的比喻向人们解释,他说:"你们几时见过戏台上的龙套是一边儿站三个,一边儿站一个的呀?"

但是这种场面我倒是见过一次,那年票友唱戏大家起哄,真把龙套故意摆成三比一,专为博观众一乐,这是喜剧。

我是快乐的女人,我们的家一向就是充满了喜剧的气氛,随时都有令人发笑的可能,那么天赐我三与一之比,是有道理的了!

1955 年 5 月 4 日

女子弄文诚可喜

有年夏天,我和何凡借到台中之便,拜访了在"北窗下"写作的张秀亚。她有心要接待远来的访客晚餐,却因为我们另有约在先而作罢。她虽然很失望,但仍很热情地给我们准备了一些茶点。是这样:一进门是刚泡好的香片茶和煮好的热咖啡,天气虽炎热,我们苏苏热饮倒也解渴解乏。但她忽然想起茶和咖啡太热了,还有预备好的水果,便又拿出了凤梨罐头和冰凉的西瓜,我们在女主人的盛情让客下,就一一地吃下去了,秀亚一定还要我把凤梨罐头里的汤也喝下。说了一会儿话,她又说:"现在离你们去朋友家晚餐还早,一定饿了。"说着她又到厨房端来了一锅煮得热腾腾的鸭子汤。我们实在无法拒绝女主人的频频相让,只好每人一碗喝下去,鸭肉可是实在没法吃了。过后我有点担心,我再结实的肠胃,是否经得起这五种冷热饮料在我肚子里激流翻腾呢,会产生什么样的后果啊!

过了不久,八月七号以后,秀亚来信了,她说:那天给你们灌了五种水,所以八七水灾才会闹得那么厉害。想想看,八七水灾是一九五九年间的事,距今二十四年,一个世纪的四分之一了。我们至今谈起这件往事,还会彼此开玩笑呢!

在台湾,四五十年代喜爱文艺的中学生,谁不是熟读张秀亚的散文而且深受其影响?欧阳子就是一个很好的例子,她说她读高中时就是喜欢张秀亚散文的读者,她在大学时开始写作,同学们誉她为"张秀亚第二",她得意非凡;能说欧阳子后来从事写作,而且成为出色的女作家,没有受张秀亚的影响吗?虽然欧阳子写作的方向,后来也向自己梦幻的少女时代突破了。张秀亚在写作"北窗下"的时代,著作最丰富。她把一生投入文学,至今稍做休息,时常到海外去享"含饴弄孙"之乐(她有四个孙辈了),也是应当的。

我在写凌叔华文中,曾透露秀亚和我都是"凌迷",她甚至在初中三年级时就一个人从天津坐火车跑到北平去找凌叔华。许多读者读了很感兴趣,不知道十几岁时的张秀亚,会是个什么样的小女生。近日正好她自美探望孙儿归来,我把读者的话告诉她,并且说我将写她,但我照片簿中她的照片很多,不知该选用哪张才好。她竟笑眯眯地从屋里拿出一张照片来,她说:"你的几十本照片簿中,一定不会有这张吧!"我接过来一看,这是多么可贵的一张老照片啊!就是她访凌叔华回来不久拍摄的小女生之照。日子过得也很怕人,它距今快五十年了!不过如果我们不说明的话,读者会以为这是一个现代小女生的照片吧!

在小女生还没长成大学女生的高二那年,她就出版了一本小说散文《在大龙河畔》,现在的高二女生恐怕还没这种魄力吧!秀亚和我最谈得来的就是回忆小女生时代的读书生活,我们处同时代,又同在北方,同样喜爱文艺;但有一点我和她不太一样,就是我青少年时代没有少女的梦幻，几乎一点点都没有，她却说她的少女梦幻时代可有一段很长很长的时期。我俩虽同是"凌迷"，但是她所喜爱的另一位三十年代著名作家庐隐女士的名作《海滨故人》，我却看不下去，这大概就是她的梦幻色彩浓的缘故吧！

秀亚是读书人、写书人、教书人。她虽处于繁忙的社会、繁忙的工作中，却有一间像英国女作家弗吉尼亚·伍尔芙所说的"女子如想写作应该有一间属于自己的屋子"。这间屋子对秀亚来说，不但是实际的，也是心灵的。当秀亚翻译伍尔芙的名著《自己的屋子》时，曾在译序中引用了宋朝朱淑贞的诗句："女子弄文诚可罪，那堪咏月更吟风。磨穿铁砚非吾事，绣折金针却有功。"对于张秀亚来说，我愿改句为：

女子弄文诚可喜。

立

西谚有句话说"四十岁是生命的开始",可是我们中国人提到四十岁就会唉声叹气地喊:"老了,老了,不中用了!"这种精神和西洋人比起来真是相差得太远了。孔子说过"三十而立",外国人却是到四十才"而立"的。施耐庵在《水浒》序里说:"人生三十未娶,不应再娶;四十未仕,不应再仕。"这种话说给八岁结婚的印度人听听尚无不可,如果这样规劝西洋人,一定会引起他们的诧异心情。

但是四十岁对于一般人确是个神经过敏的关节,文人到了四十岁,总要提起笔来唠叨一番,像胡适的《四十自述》,及前辈女作家袁昌英的《行年四十》。不管内容说的什么,总是因为四十岁而恍然大悟,回首前程,不无感触。

多年前曾读到一本美国人写的畅销书《四十而立》。四十岁的人看了这本书的题目,一定会怵目惊心的,无怪它的销路这样好。全书共分十章,作者主要的目的可以说是歌颂四十,所以四十岁的人看了也一定会大为开心的。作者在书的开头就说:"我著述这本书,是专门给四十岁左右之人读的,在二十世纪初叶的诞生者,我以为是大有幸运的;不要自暴自弃,你们四十岁正在开始做人,既不衰老,又能享受科学化的生活,为古代祖宗所不能梦见的。……"

他在书中屡次以世界名人为例,说到这些人到四十岁才成功享名,在四十岁以前尚是个浑浑庸人,孔夫子所说"四十而不惑"就是这种意思吧!一个人到了四十岁才算达到完全的成熟年龄。

梁实秋先生写过一篇《中年》小品文,最后也说:

> 四十开始生活,不算晚,问题在"生活"二字如何诠释。如果年届不惑,再学习溜冰踢毽子放风筝,"偷闲学少年",那自然有如秋行春令,有点勉强。半老徐娘,留着"刘海",躲在茅房里穿高跟鞋当做踩高跷般的练习走路,那也是惨事。中年的妙趣,在于相当的认识人生,认识自己,从而做自己所能做的事,享受自己所能享受的生活。科班的童伶宜于唱全本的大武戏,中年的演员才能担得起大出的轴子戏,只因他到中年才能真懂得戏的内容。

1951年

漫谈"吃饭"

吃饭原是对胃肠的一种献媚,可是在文明社会里,它就变得复杂起来,几千年前我们的孔老夫子就立下规矩说:"食不厌精,脍不厌细。"同时,肉如果"不得其酱","割不正","色恶","味恶",他都不吃。有一天孔老太太差他的儿子到市上去买些酒和熟肉来,谁知老夫子把脸儿一绷说:"沽酒,市脯,不食。"从此奠立下一种规矩,主妇在任何情形下总是离不开"烧菜"的,她的脑子每天至少要打三回滚:"吃什么呀!"

动动"吃什么"的脑筋还不是太难的事,就怕你决定吃什么,可是吃不到嘴。拿最近的事实来说,某报登了一篇消遣星期日的菜单,捧读之下,不觉食欲大动,可是我再仔细琢磨琢磨,除了"油盐醋拌烧茄子"一菜以外,别的不敢妄想,"火腿冬瓜汤",美馔也,可是"冬瓜易买,火腿难得",我只好流口水算了!

我们所知道的历史上的美食家,像李笠翁、袁子才等,实际上他们从未走进过他们的厨房,却擅于在饭厅里挑眼儿,或者在书房里写写流芳百世的吃的享受。李笠翁的《闲情偶寄》特设饮馔部,专写关于他这辈子吃的种种感想,他最爱吃螃蟹,爱到"心能嗜之,口能甘之,无论终身一日,皆不能忘之,至其可嗜可甘与不可忘之故,则绝口不能形容之……"的程度。除了李太太下厨房以外,还有一个丫头专门伺候他吃螃蟹,李笠翁不过是"饭来张口"的男人而已。

北平有名的"谭家菜"主人谭篆青,广东人,他个人最讲究吃,所以能督促他的家人制出他所理想的菜来,下厨掌灶的是他的太太,最初不过是朋友常借他家聚餐请客,后来竟不得不以此为生。这也是一个男人讲究吃,女人下厨房的实例。

小学生的作文本在《我的爸爸》一题之下,有十分之八这样写着:"我的爸爸赚钱来给我们一家人吃饭,很是辛苦。"当然喽,饭桌上的爸爸没有一个不这样教训儿女:"怎么?嫌没有肉吗?告诉你,爸爸一天到晚在外头赚钱不容易,你要嫌没肉,不用吃好啦!"所以写到"我的爸爸"时,他们小脑海里不由得浮起一个八面威风、赚钱不容易、差点儿不给饭吃的爸爸来。至于一日三下厨房被油烟熏煳了的妈妈就忘却了。

"吃在中国",是众所公认的,西洋烹调除了"色"美可取以外,还有许多明显的缺点,在这里我引用林语堂先生在《生活的艺术》中所提到的一段:

……西洋烹调上最不发达的方面是蔬菜的烹调。第一,蔬菜的种类很有限;第二,蔬菜只在水里煮;第三,她们常常烧得太久,失掉了色泽,看起来如粉糊。儿童最怕吃的菠菜从来就不曾好好烧煮过,普通总是把它烧成粉糊;事实上,菠菜如果放在很热的锅里,用油和盐炒一炒,在相当的时候拿起来,使它保存脆的特点,确是一件很好吃的东西。莴苣用这种方法烧起来也很可口,只要不把它放在锅里过久就得了。……汤类之缺少变化原因有二:第一,西洋人对于蔬菜和肉的配合,很少加以试验。把五六样食物,如虾米、香菇、笋、冬瓜、猪肉之类,互相配合起来,可以烧出一百多种不同的汤。西洋人不知冬瓜为何物,事实上,冬瓜汤加上一些原料及一些虾米,乃是夏天最美味可口的菜。第二,西菜的汤类缺少变化,因为西洋人没有尽量利用海鲜。……

一位"吃的人生观"者,对于世界另有一个看法。最近读钱钟书先生著《写在人生边上》一书里《论吃饭》中所写:

这个世界,给人弄得混乱颠倒,到处是摩擦冲突;只有两件最和谐的事物,总算是人造的:音乐和烹调。一碗好菜仿佛一支乐曲,也是一种一贯的多元,调和滋味,使相反的分子相成相济,变成可分而不可离的综合。最粗浅的例,像白煮蟹跟醋,烤鸭跟甜酱,或如西菜里烤猪肉跟苹果泥,渗蟹鱼跟柠檬片,原来是天涯海角,全不相干的东西,而偏有注定缘分,像佳人和才子,母猪和癞象,结成了天造地设的配偶,相得益彰的眷属。到现在,他们亲热得拆也拆不开。……

所惜者,这种种"天作之合"早已离开我们文化人的饭桌,而成为脑满肠肥的寓公们的专利品了。

　　吃饭不仅是充饥,还有许多社交上的功用,像联络感情、欢迎、送别、讲生意等等。一位老饕对人说:"我们吃了人家的饭该有多少天不在背后说主人的坏话,时间的长短按照饭菜的质量而定;所以做人应当多多请客吃饭,并且吃好饭,以增进朋友的感情,减少仇敌的毁谤。"这议论我赞同,不过今日的主妇拿了稀少的菜钱,如何能做出那种"增进感情,减少毁谤"的菜来却是问题耳。

1949 年 6 月

狗

我并不讨厌狗,但是有狗的人家,我却不爱去。这并不是说我对看门的狗特别厌恶,实在是感觉到有狗的人家,即使他是最好的朋友,也不能排闼直入。推开门,还没有见到主人,汪汪汪的,先要受狗的一顿"抢白",真是不甘心。但是无论那条狗多么凶恶,我都会原谅它的,因为我对"狗仗人势"这句话深深了解。

说实话,我不但不讨厌狗,而且在家禽家畜里面,可以说还是比较喜欢狗的。我不喜欢鸡(虽然喜欢吃鸡肉),因为不能训练它不要随地大便;如果没有鸡棚的设备,它会破坏你家庭的清洁。走廊上、庭院里,只要它到的地方,它就会一边散步,一边拉屎,毫不客气。

我不喜欢猫,因为无论有多么美丽柔驯的外表,它的内心总是阴狠的。它捉到了老鼠、蟑螂、壁虎,都不会立刻吃掉;只见它把吓得半死的俘虏松开,然后自己退后几步,闭气的注视着。当俘虏以为周围没有危险而想拔脚逃跑时,它却又一下子扑上去。这样纵之、擒之,不知经过多少次的蹂躏,才把它吃掉。有时它的目的只是想把俘虏玩弄死,并不一定是要吃了解饿的。

狗是机警聪明的,也讲义气,富感情,因此生活在人类的社会里,演出了许多可歌可泣的故事。但是正因为它是忠心的,所以才被人类利用了。

高墙大户的人家,养狗以防宵小,同时给登门求助的人一种威吓,使你胆怯不敢开口。狗最初对来客是一视同仁的,谁来了都是汪汪汪地叫一阵。但是主人出来了,一看,这来客不是那来客,先对客人抱歉地笑笑,再回头骂那狗:"贝蒂,走开,快走开!这是夏太太嘛!"

是的,这是夏太太,既不是贼,又不是登门求助,于是狗儿夹着尾巴怏怏而去。它错怪了好人,惭愧。但是你下次再来,它也许又忘记了。虽然狗的主人一再说:"尽管进来,它不会咬您的。"不会咬?我只为了它不会咬,就应当接受你的汪汪——错了,不是你,是它的汪汪吗?只许它汪汪,不许我怕它,咱们的朋友是怎么交的?

有人说,狗最势利,你到了有狗的地方,尽管昂头挺胸,堂堂走入,千万不要犹疑徘徊。有时,我仗着胆子这样做了,可不是,那狗卧在那儿不动,头也懒得抬,只用狗眼儿斜你一下,轻轻摇两下尾巴,好像说:"进去嘛,我又不咬你!"

好在我不必为狗担心失去朋友,因为我的朋友大都像我一样,把友情之门敞开,没有一条"仗人势"的狗,尽可来去自如。

如果有人误会我,说我对有益的动物竟是这样的观察法,将影响"动物爱护会"的主旨,那才冤枉。猫、狗、鸡我全养过,它们也受过我的爱抚。这些动物原是很可爱的,小狗更是小朋友的好游伴,但是经过成年人为某种目的而培养训练后,就失去了天真。"穷儿苦狗"的画面多么可爱!"狗仗人势"的情景多么可憎!

1950 年

说猴

有人送给单身汉一只猴,安慰他失恋的痛苦和今后的寂寥。那人告诉单身汉说:"它归了你,就不会离开你。"果然,那只小小的猴子紧紧攀在失恋者的胳膊上,眨着猴眼儿,嗫着猴嘴儿,吱吱地小声叫着。单身汉忧戚的脸上,展开了失恋后第一次的笑容。

进化论说,人是猴变来的,引起了宗教上的争执,不要管它吧,好在那是太老年间的事儿了。但猴代表了聪明,并且有人类的智慧,总是无可否认的,何况它现在又比我们先一步升入太空,又做了我们"进化"一步的先锋呢!

台湾农家有养猴的风俗,尤其是家里饲养着猪、鸡等家畜的,更喜欢养一只猴子。据说猴子可以使这家的人口平安,并且家畜不会闹瘟。他们总喜欢把猴子拴在猪槽的旁边,认为这样会使猪更肥大,家庭的财气更兴旺。

在台湾捕猴的地方,有恒春的山地和台北附近文山的山地。猴既是聪明且又爱恶作剧的动物,捕捉起来很不容易。不过它终也逃不过它们的"后代"的掌握,这就是进步和落伍的区别。捕捉猴子的方法,大半都是在山里放置特造的木槛,里面放些甘薯,当猴子跑进吃甘薯的时候,旁边藏着的人就把木槛的门关上。听说以前在文山区可以捕到成群的猴子,捕者大规模地预备下几天的食物,让猴子们吃个痛快,然后束手就擒。捕猴者还有个习惯,就是从捕到的猴子里面释放出公猴和母猴各一头,也无非是让它们继续繁殖的意思。不过现在台湾的猴子已经渐渐减少,人口却渐渐增加。当然,我的意思并不是说,这些年里台湾的猴子,有许多变成了人,报了户口;我是说,人多了,对于猴子的危害加大,说不定它们越要躲入深山密林了。

曾看过一本《生活》画报,刊载着关于印度猴子的图画和描写。印度的猴子的繁殖,可说是到了可怕的现象,猴子和印度人几乎是共同生活了,而且常常有伤害人的事情发生。印度人对猴子和牛两种动物是禁止屠杀的。不但如此,它们还敬猴为神。印度有一段神话传说:

古代的印度有一个"猴酋长",名字叫做哈奴满,它有一次领着它的部下救过一位美丽的公主,于是印度人为它盖了一座庙纪念它。庙里有一句题词说:

"哈奴满是智者里面最聪明的。"

印度人还把哈奴满印成五彩的半猴半人肖像,有许多人家都挂着这种猴像。猴子在印度已经达到横行无忌的状态,它们不但在大街上与人类同处,同时还随意地跟人们开玩笑。有一次,在一列火车上,猴子们爬了上去,把卧车上旅客的床单拖到月台上乱跑,又有一只猴子把牙膏挤在睡着了的旅客的脸上,衣服上,弄得一塌糊涂。

有时候，猴子在某个地方繁殖得太多了，印度人也只是把它们捉起来，用大卡车运到较远的深山或森林里放生。印度的粮食部长也曾警告人们说，印度已经因为猴子而发生粮荒，因为它们把印度人还吃不饱的粮食又分吃了许多。但是印度人不敢从日常生活里把猴子排斥出去，只好听任它们与人争利，甚至也没有希望和它们订立共存的条约，因为这两种同一祖先的动物，现在已经不能共同使用一种语言了。

猴子在中国，也曾给我们的文学增添了一番热闹，一部《西游记》，如果没有那位智者中最聪明的"文学的猴子"，岂不就寂寞许多！

1950 年 10 月 14 日

看象

象,全世界的人都很熟悉的一种动物。一想到它,我们眼前所浮现的,就是一只笨重庞大的身躯,甩着一条别的动物没有的长鼻子,慢慢移动着走来走去的——大象。

收集象

我家里收藏着大大小小有上千头的象,大家不要误会,以为那是真的象,不是的,它们只是各种质料做成的摆饰品。许多人问我,为什么喜欢收集象?动物里特别喜欢象吗?

说起我收集象的由来和经过,是一桩很偶然和有趣的事——

十几年前我们搬到新的家。一切弄停当了以后,我就想着该把众纸箱打开,弄点儿摆设出来摆摆咧!没想到一下子竟掏出几十只象来!它们比任何瓶瓶罐罐、小猫小兔的摆设品都多,一边回忆着:这是弟弟到泰国工作时带回来的,这是我到美国在加州大学街上地摊上买来的……一边就手往玻璃橱里摆,摆了一层不够摆两层,这几十只象就笼总自成一家地成了象园了。

自此以后,我在去异地闲逛时,有意无意地看见了象,就会挑选收集带回来。所以我的千头象大部分是舶来品哪！不过我要说明有一半以上的象是亲友所赠；甚至是他们亲手所制，真使我感动啊！

有些事可以记入我的象的札记，表示难忘。

有一天，再兴中学校长朱秀荣带了两只象送给我，我一看是檀香木雕刻的，"呀！檀香木是很贵重的，怎好接受？""不，"她说，"放在我家摆着不起眼，放在你这儿才显眼！"

有一年作家彭歌到欧洲参加笔会，给我带来了两只象，木制和瓷釉的。他说有一天下午是自由活动，他便一个人去逛街，不想遇见了张心漪和张兰熙两位会员也来逛街，互问之下才知道都是为了："看看有什么好看的象买回去给海音！"说完彼此大笑，就把买象的任务交给彭歌，她们另去逛女人市场了，所以这两只象是他们三人合送的。

有一年张兰熙又到什么地方去开笔会，飞机迟误，她待在印度机场等转机，就在那儿的免税商店看到了象牙象，雕刻的是白象全身披挂，象背上是轿子，里面坐着两位缠着头巾的贵族（或许是皇帝），象脖子上坐着赶象的人。刻工十分精致，这象当然又进了我的象园。

三十年代著名的剧作家《雷雨》和《原野》的作者曹禺，那年受邀到美国，和哥伦比亚大学教授、也是文评家夏志清见面，送给夏志清一头北京出品的玉象。夏志清后来请一位要回台湾的学生带给我，所以，曹禺的象现在是摆在林海音的橱里。

有一天作家兼中学老师的郭晋秀兴致勃勃地来到我家，大胖子气喘喘地打开手中的纸包,里面是三四只木制彩漆的象,大概是印尼产品。原来她到专栏作家丹扉家去,看见这四只象便抄了来,"送给海音去。"我好难为情,便说:"你怎么这么不讲理?"她说:"她留这干么!"

书法家董阳孜开书法展,有一幅她写的"大象"二字,别提多潇洒有劲,我便把它请到我家悬于壁上随时欣赏。我发现她那大笔挥毫下,象字的笔画疏散中,竟显出几头小象来,我后来对她说,她看了也很惊喜,因为这都是她不自觉中写出的。阳孜逛街时,看见破树枝自然造型的象,也给我买回来。

郭良蕙是古物搜集和鉴赏家,有一天她给了我一小粒"红豆生南国"的红豆,红豆上是一个小象牙盖子,打开盖子从红豆里倒出一群比芝麻还扁小的白粒:"喏,一颗红豆里有三十只象牙象!"我先以为没听明白哪!肉眼看不清,要用放大镜来观赏,可不是,鼻子、眼睛、四条腿、尾巴一概俱全的象。怎么做的嘛?至今不明白。

报道摄影家王信,是最早注意我集象的人,她稀奇古怪地给我弄来了铁片拼的象,长长鼻子套戒指的铜象,不锈钢大耳朵的造型象等等。

老盖仙夏元瑜也来凑热闹,他本是做动物标本的专家,他看了我的象橱说:"可惜我不能把真象标本给你搬来。"但是有一天他却带来了一只象骨骼的玩具象,扭开开关,这架象骨骼就一步步走起路来。又一次他来了,打开包包,举出一只麻绳编的象,笑眯眯地说:"这,准保你没有!"

说起亲手编制象,我还得举出几个人,真是难忘他们的诚心、爱心、细心,我要替象感谢她们。

首先我要提的是一群小朋友给我编的象,用粗铁线缠绕上彩色绉纸,然后编绕成一头象,放在桌上拍拍它,颤颤悠悠的,是活动的呢!这是郑佩瑜在"快乐儿童之家"工作时,带领着一班小朋友做的。

在美国的朋友陈正萱,送了我一个一英寸多宽长的小盒子,盒面上是画着挤在一起的一家三口象,打开来,就像盒面的象一样,可是用零点三公分宽不同色纸条一只只卷编成的,多么细致精巧的手工啊。正萱本是又聪明又细心又有多种兴趣的女性,我一向是敬佩她的。

女作家简宛和洪简姊儿俩,看见我的象园,有一天便也送来了一只象,是她们的母亲用两个高尔夫球,外面用毛线钩编了一上一下连在一起,再钩上长鼻子、耳朵、尾巴、四肢,就成了一只玩具型的球象了。她们说,母亲在家没事就给她的子孙们每家钩一只,她的子孙多,可也钩不少只哪!

粘碧华,刺绣首饰制作家,早期大都是古典刺绣之作,常由故宫的文物仿制出来,小小细致的手工,小别针或坠子,我得到了一些。有一天她送来了特别为我做的绣象坠子,用紫色的缎子缝了只象,象背是金线盘绣的图案,她说是仿清朝"吉象"图案做的。

马浩和朱宝雍两位陶艺家,特为我设计象形,自捏陶坯自烧制。开展览会时,参观者都问宝雍做的象盒为何没标价,有人要买,宝雍告诉人说:是特别给林阿姨做的,不卖!

有趣的是我曾收到高信疆、柯元馨夫妇送来了两大箱没有象形,却叫象棋的精制品,他们那时请了多位艺术家设计象棋,造型各有其美巧,这一套套的象棋是摆设品,不是为下象棋对弈的。记得他们开展览会时,引来了许多参观者,售价不便宜,却也卖出不少,因为那是艺术品啊!我多么幸运能得到一套。

当朋友们送来了这许多各处收集的象时,我常常会问:"到底是谁在收集象?"他们也常常回答我:"大家!"是不错,千只象是大家的成绩,我却是始作俑者。

就这样,我的大象集到了千百只,不得不给象盖双并五层公寓(玻璃立柜),还是塞得满满的。除了柜橱里的摆设以外,什么象香皂、象毛巾、象餐纸、象拖鞋、象花墩、象坠链、象钥匙、象卡片……多得数不过来的样式。

我说过,象是一种笨重、庞大、无毛、无鳞、无甲、无壳的粗皱皮肤的动物。它的动作只有在某种情况下,举起高高长长的鼻子而已。它不会奔跑、不会跳跃,像这样一种无动作形象的动物,为什么会有那么多各行各业的人,都喜欢拿象制作成各种艺术品、摆设、商标、玩具呢?我认为艺术家或各行业制作者,喜以他们的灵感将象改造变形,就会显得非常可爱突出了。最近我收到的,是舒乙来台湾带给我的,一只高举的象鼻子上是一个毛笔架,他说:"准保您没有。"可不是。

认识象

也许有人会问我:你收集了千只象,你对象的认识到底有多少?可以这么说,最先我对象和小朋友们一样,除了那庞大的身躯和长鼻子以外,是一无所知的。记得我在北平做小学生时,年年春假旅行都要到西郊的万牲园去,别的不记得,印象深刻的就是"看象",园里有摊子卖一卷一卷的干草,买来到铁栏杆前,伸出手等着象来吃草,当它的鼻子凑到我手掌上时,好害怕。等它把一卷草卷进了嘴巴,我像完成了一件大事,好兴奋。年年春假要到万牲园向大象请安问好,成了我小学生时代例行的事。

收集了象以后,也就不由得注意到象的一切,常常在书上图上看到有关象时,都会阅读下去,增加我对象的认识。先说象的肢体:

象鼻子——象鼻子大约是六英尺长、一英尺圆径的多功能器官。它有六万条神经,所以灵得很。象鼻子不是光用来呼吸和闻味道的,它可以说是象的第三只眼睛,又是象头上的手指头。空气冲进鼻管,它就会发出声音。如果大象打个喷嚏,会吓坏了一条狗的。

象用鼻子像我们用手指一样,可以拾起一根针。它可以用鼻子拔瓶塞,也可以把一棵大树连根拔起。它可以从地上嗅探出水源头。

当男女象两相愉悦的时候,它们会用长鼻子彼此摩挲对方的脸部,了解它们彼此的爱的语言。从唾腺渗出液体流在两颊上,然后摇曳着鼻子在前额头互相爱抚。鼻子分开来后又彼此盘绕在一起,打成一个爱情的结。

猎人知道象鼻子有旺盛的斗志,靠它和敌人打斗,如果它的鼻子受了伤,就丧失了斗志,所以猎人每次发枪都是以长长的象鼻子为目标。

象耳朵——象的耳朵是两大扇大听板,它可以听出极细微的声音,比如有一只小老鼠在它的脚下吱吱叫。它一张一开就像眼皮一样,可以扫除脏物,也可以当作扇子,扇着自己的身体,因为象虽然产生在热带,但它却是最怕热的动物!非洲的象,耳朵比其他地方的都大,仔细看来,它也像是非洲地图的形状呢!

象牙——谁都知道,象牙最值钱,猎象的目的只有一个,就是为了得到象牙。乳白色的象牙,质硬光润,所雕刻制成的艺术品,是最高贵的。象牙的价值分成数种,最高贵的叫"血牙",光泽美丽,是活生生被猎人击毙取得的。其次叫"生牙"'就是老象自然脱落的。再次是"死牙",是死象的牙,没有光芒,而且色泽晦暗,是象牙中的下品。

野象的牙,也是它们战斗时的武器,但是象牙太长,妨碍鼻子的挥动,所以负责作战的青年象,都是由没有牙的象来担任,长了牙的象,反而在象族中是受保护的。

大家会以为象牙是实质的,错了,它是空心的,只有象牙角那部分是实质的。雕刻镂空的艺术品,实在了不起,实质的象角,就用来雕刻小物件。你看过故宫博物院陈列的各种象牙雕刻、象牙球吗?它们是一层套着一层刻的,无名艺术家的作品,他们费若干年或者一生的时间来雕刻这么一件艺术品,就是为了贡献给皇帝啊!

象走起路来似乎很慢,据说是为了保护它的巨大的脑子。它不乱走,步伐轻盈而庄严,它可以用足趾尖轻轻地走,不会留下足印,而且沿着陡斜的山路行走,它的身体几乎可成垂直形,也一点儿不妨碍它的两吨重的魁梧的身躯。

但是它真要赶起路来,比人类还跑得快,一小时可以赶三四十英里路,从不会因为走得这么快,会在路上走失了自己。

它很爱清洁的,每天都会在尘土中洗澡,摩擦它的像厚垫似的皮肤。它也到水里去泡泡澡。

它和动物中的牛、羊、骆驼一样,是反刍类,食物经过两天半的时间才消化。

象是过群体生活的动物,我们在影片图片上看一大串象走路,不要以为它们是一个家族,不是的,它们是互助生活的群象。有人袭击它们,它们会群体去对付敌人。

象是世界上最巨大的哺乳类动物,从母象怀孕生产来看,也可见得它们的互助精神。母象要临盆了,在树林中许多象围成一圈保护它。附近还有一些哨象在林中来往巡逻,凶悍得很,人类不能接近,闲杂路过的都得改道而行。圆圈中还有一些有经验的"助产士"在产妇身边照顾。这时不但人类、连虎豹也要怕它们三分。可见它们对第二代出生之重视。

小象出生后,立刻就可以随着大队行走,如果这一队象群正在逐水草迁徙的途中。母象则要在产前产后休息两天才随队踏上征途。

爱护象

象是最古老的动物,从冰河时期就有了。象实在是自然界最伟大的绝妙之作。但是这种看起来笨重却是通灵的动物,本世纪中的遭遇不佳,因为人类的贪婪心,使贵重的象牙被剥夺得日渐稀少,生态环境保护者近年大力呼吁人类说,不要再采集象牙了,为剥取象牙而击毙大象,大象就要绝迹于大自然了。

我们人类因为认识象而爱护象,让它和我们和平互爱共存于这个自然世界中吧!

灯

我们在劳人草草的生活中,的确把"友谊"这件事耽误了许多。平日因为公私两忙而不暇顾及友情之乐,可是偶然碰上清闲的夜晚,又会感到一种"暴风雨前的平静"的寂寞,希望这时闯进两位"不速之客"来,作长夜之谈。

施耐庵说:"吾友来,亦不便饮酒;欲饮则饮,欲止则止,各随其心,不以酒为乐,以谈为乐也。吾人不及朝廷,非但安分,亦以路遥传闻为多。传闻之言无实,无实即徒丧唾津矣。亦不及人过失者,天下之人本无过失,不应吾诋诬之也。所发之言,不求惊人,人亦不惊,未尝不欲人解,而人卒亦不能解者。事在性情之际,世人多忙,未曾常闻也。"这是在承平之世的"道德的谈话",所以有那么多的限制,在今天看来,未免与"言论自由"有所抵触。

林语堂先生在一篇《谈友谊》的文章里说过:"谈话的适当格调,也就是亲切浪漫不经心的格调,这种谈话的参加者已经失掉了他们的自觉,完全忘掉他们穿什么衣服,怎样说话,怎样打喷嚏,把双手放在什么地方,并且也不注意谈话的趋向如何。谈话应是遇见知己,开畅胸怀,一个人两脚高置桌上,一个人坐在窗槛上,又一个坐在地上,由沙发上拿去一个垫子做坐垫,却使三分之一的沙发空着。因为只有当你手足松弛着,身体位置很舒服的时候,你的心灵才能够轻松闲适。到这时候便'对面只有知心友,两旁俱无碍目人'。"夜谈之乐,大抵在此。

这种种友情之乐的境界,我们完全明了而且乐于享受。只是在人世多忙的今日,碰上赶写稿子的夜晚,如有"不速之客"的闯入,也许会使主客局促不安。客人会进退维谷,后悔他今晚剩余的时间分配得不恰当。主人也有留客既难,逐客更不像话的感觉。

某年曾在洋杂志上读过一篇《寂寞的蓝灯》的小文,作者意思是说他提倡每个家庭的门前装上一盏蓝色的小灯,如果这个家庭在寂寞的夜晚欢迎"不速之客"来聊天、打牌的话,就把小蓝灯亮起来,好像一个"呼救"的信号,他的寂寞的朋友散步经过门前,看见了灯,就可以登门拜访。反之,如果这盏灯不亮,就证明主人今夜无暇,不必去打搅,可以再到别处去找灯光。

这种主张很新颖,假定台北市家家门前有这样一盏灯,不晓得每天晚上有多少盏在亮着?是晴天多呢,还是雨天多?是冬天多呢,还是夏天多?这准是一个很有趣味的统计。

1951年

书桌

窥探我家的"后窗",是用不着望远镜的。过路的人只要稍微把头一歪,后窗里的一切,便可以一览无遗。而最先看到的,便是临窗这张触目惊心的书桌!

提起这张书桌,很使我不舒服,因为在我行使主妇职权的范围内,它竟属例外!许久以来,他每天早上夹起黑皮包要上班前,就不会忘记对我下这么一道令:

"我的书桌可不许动!"

这句话说久了真像一句格言,我们随时随地都要以这句"格言"为警惕。

对正在擦桌抹椅的阿彩,我说:"先生的书桌可不许动!"

对正在寻笔找墨的孩子们,我说:"爸爸的书桌可不许动!"

就连刚会单字发音的老四都知道,爬上了书桌前的藤椅,立刻拍拍自己的小屁股,嘴里发出很干脆的一个字:"打!"跟着便赶快自动地爬下来。

但是看一看他的书桌在继续保持"不许动"之下,变成了怎样的情形!

书桌上的一切,本是代表他的生活的全部;包括物质的与精神的。他仰仗它,得以养家活口;他仰仗它,达到写读之乐。但我真不知道当他要写或读的时候,是要怎样刨开了桌面上的一片荒芜,好给自己展开一块耕耘之地?忘记盖盖的墨水瓶,和老鼠共食的花生米,剔断的牙签,眼药瓶,眼镜盒,手电筒,回纹针,废笔头……散漫地布满在灰尘朦胧的"玻璃垫上"!另外再有便是东一堆书,西一叠报,无数张的剪报夹在无数册的书本里。字典里是纸片,地图里也是纸片。这一切都亟待整理,但是他说:"不许动!"

不许动,使我想起来一个笑话:一个被汽车撞伤的行人呻吟路中,大家主张赶快送医院救治,但是他的家属却说,"不许动!我们要保持现场等着警察来。"不错,我们每天便是以"保持现场等着警察来"的心情看着这张书桌,任其脏乱!

窗明几净表示这家有一个勤快的主妇,何况我尚有"好妻子"的衔称,想到这儿,我简直有点儿冒火儿,他使我的美誉蒙受污辱,我决定要彻底地清理一下这书桌,我不能再等着"警察"了。

要想把这张混乱的书桌清理出来,并不简单,我一面勘察现场一面运用我的智慧。怎样使它达到清洁、整齐、美观、实用的地步呢?因为除了清洁以外,势必还得把桌面上的东西分门别类的整理一下,使物各就其位,然后才能有随手取用的便利,这一点是要着重的。

我首先把牙签盒送到餐桌上,眼药瓶送回医药箱,眼镜盒应当摆进抽屉里,手电筒是压在枕头底下的,这是第一步。第二步就轮到那些书报了,应当怎么样使它们各就其位呢?我又想起一个故事:据说好莱坞有一位附庸风雅的明星,她买了许多名贵的书籍,排列在书架上,竟是以书皮的颜色分类的,多事的记者便把这件事传出去了。但是我想我还不至于浅薄如此,就凭我在图书馆的那几年编目的经验,对于杜威的十进分类法倒还有两手儿。可是就这张书桌上的文化,也值得我小题大做地把杜威抬出来么?

待我思索了一会儿以后,决定把这书桌上的文化分成三大类,我先把夹在书本里的剪报全部抖落出来,剪报就是剪报,把它们合成一叠放进一个纸夹里,要参考什么资料,打开纸夹随手取用,便利极了。字典和地图里的纸片是该送进字纸篓的,我又把书本分中西高矮排列起来,整齐多了。至于报纸,留下最近两天的,剩下都跟酱油瓶子一块儿卖出去了,叫卖新闻纸酒干的老头儿来得也正是时候。

这样一来,书桌上立刻面目一新,玻璃垫经过一番抹擦,光可鉴人,这时连后窗都显得亮些,玻璃垫下压着的全家福也重见天日,照片上的男主人似对我微笑,感谢贤妻这一早上的辛劳。

他如时而归。仍是老规矩,推车、取下黑皮包、脱鞋、进屋、奔向书桌。

我以轻松愉快的心情等待着。

有一会儿了,屋里没有声音。这对我并不稀奇,我了解做了丈夫的男人,一点残余的男性优越感尚在作祟,男人一旦结婚,立刻对妻子收敛起赞扬的口气,一切都透着应该的神气,但内心总还是……想到这儿,我的嘴角不觉微微一掀,笑了,我像原谅一个小孩子一样地原谅他了。

但是这时一张铁青的瘦脸孔,忽然来到我的面前:

"报呢?"

"报?啊,最近两天的都在书桌左上方。旧的刚卖了,今天的价钱还不错,一块四一斤,还是台斤。"

"我是说——剪报呢?"口气有点儿不对。

"剪报,喏,"我把纸夹递给他,"这比你散夹在书报里方便多了。"

"但是,我现在怎么有时间在这一大叠里找出我所要用的?"

"我可以先替你找呀!要关于哪类的?亚盟停开的消息?亚洲排球赛输给人家的消息?还是关于西德独立?或者越南的?"我正计划着有时间把剪报全部贴起来分类保存,资料室的工作我也干过。

但是他气哼哼地把书一本本地抽出来,这本翻翻,那本翻翻,一面对我沉着脸说:"我不是说过我的书桌不许动吗?我这个人做事最有条理,什么东西放在什么地方,都是有一定规矩的,现在,全乱了!"

世间有些事情很难说出它们的正或反;有人认为臭豆腐的实际味道香美无比,有人却说玉兰花闻久了有厕所味儿!正像关于书桌怎样才算整齐这件事,我和他便有臭豆腐和玉兰花的两种不同看法。

虽然如此,我并没有停止给他收拾书桌的工作,事实将是最好的证明,我认为。

但是在两天后他却给我提出新的证明来,这一天他狂笑地捧着一本书,送到我面前:"看看这一段,原来别人也跟我有同感,事实是最好的证明!哈哈哈!"他的笑声要冲破天花板。

在一篇题名《人人愿意自己是别人》的文章里,他拿红笔勾出了其中的一段:

"……一个认真的女仆,决不甘心只做别人吩咐于她的工作。她有一份过剩的精力,她想成为一个家务上的改革者。于是她跑到主人的书桌前,给它来一次彻底的革新,她按照自己的主意把纸片收拾干净。当这位倒霉的主人回家时,发现他的亲切的杂乱已被改为荒谬的条理了……"

有人以为——这下子你完全失败了,放弃对他的书桌彻底改革的那种决心吧!但人们的这种揣测并不可靠,要知道,我们的结合绝非偶然,是经过了三年的彼此认识,才决定"交换饰物"的!我终于在箱底找出了"事实的更好的证明"——在一束陈旧的信札中,我打开来最后的一封,这是一个男人在结束他的单身生活的前夕,给他的"女朋友"的最后一封信,我也把其中的一段用红笔重重地勾出来:

"……从明天起,你就是这家的主宰,你有权改革这家中的一切而使它产生一番新气象。我的一向紊乱的书桌,也将由你的勤勉的双手整理得井井有条,使我读于斯,写于斯,时时都会因有你这样一位妻子而感觉到幸福与骄傲……"

我把它压在全家福的旁边。

结果呢？——性急的读者总喜欢打听结果,他们急于想知道现在书桌的情况,是"亲切的杂乱"呢?还是"荒谬的条理"?关于这张书桌,我不打算再加以说明了,但我不妨说的是,当他看到自己早年的爱情的诺言后,是用罕有的、温和的口气在我耳旁悄声地说:"算你赢,还不行吗?"

1955年5月26日

台湾文学的一道阳光
——代编后记

张昌华

　　林海音(一九一八—二〇〇一)原先叫含英,最早叫英子。台湾人,生于日本。英子五岁时妈妈抱着她,与爸爸一道萍飘到北平。爸爸英年早逝。二十五年后(一九四八)英子与夫君何凡扶着妈妈,携着、背着、抱着三个孩子,又折回台湾。

　　何凡是北师大毕业,文学功底深厚,在报社谋了一个饭碗。林海音则为家所累,不得不围着锅台唱锅碗瓢勺叮当曲。她不是一位懒怠的女性,不久便重操旧业,笔耕墨耨,写些介绍台湾的风物人情短文给报刊,既不至于荒芜了自己,又可赚点稿费,聊补"无米"之炊。旋即,她又戏剧性地与何凡同事,到报社当编辑。那时,报纸经费捉襟见肘,老板不给周末版发稿费,林海音还得每周尽义务,写三千字填版面。家中唯一的一张旧写字台,还是表哥送的,一用就用了二十年,遑论其他了。夏日一盘蚊香放在脚边驱蚊,冬天一床毛毯盖在膝间取暖,青灯黄卷爬格子,煮字疗饥。

日子就是这样度秒如年般过来的。

岁月终究将把林海音磨练成一位"多栖动物"：作家、编辑和出版人。

自一九五七年起，林海音陆续写回忆童年的小说，《惠安馆》、《我们看海去》和《爸爸的花儿落了》等五个短篇。故事各自独立，但在时空、人物、叙述风格上连贯，组成了系列。宋妈是贯串其间的主线人物。作品中，英子以一双天真的眼睛，观察二十年代北平城南一四合院里发生悲欢离合的故事：小偷、黄板牙、兰姨娘和疯子。高阳评论林海音的小说"不仅故事感人，她的文笔令人击节赞叹：细致而不伤于纤巧，幽微而不伤于晦涩，委婉而不伤于庸弱。对于气氛的渲染，更是她的拿手好戏"。一九六○年冠《城南旧事》为书名结集出版，并未引起社会关注。二十年后，被大陆引进，拍成电影，一夜誉满天下。《城南旧事》曾在四十七个国家放映，获过多项国际大奖。若干年后，林海音到大陆访问，在公众场合见到导演吴贻弓时说："我向您鞠躬，因为您使我的名字在大陆变得家喻户晓，所以我得向您脱帽三鞠躬！"并真的弯腰致意。《城南旧事》跨越时代背景，跨越了政治，以委婉温馨的笔触去描写人性和人类的命运，已得到社会一致的认可。

林海音是由编辑起步而"发迹"的作家。作家，对她来说是"业余"，编辑却是终生。"我实在热爱编辑工作。"七十七岁的林海音在关闭她经营二十七年的纯文学出版社时，"忍不住想哭。"对人如是说。她早年在北平编《世界日报》，后来到台湾，《联合日报·副刊》，继之是《文星》、《纯文学月刊》和纯文学出版社，一直在"为人作嫁"。她在编辑上的建树，绝不亚于其创作。在编"联副"十年期间，她发现、培养了黄春明、林怀民、张系国、七等生等一批新人；重视、支持了钟理和和钟肇政，使一批台湾本土作家在文坛崭露头角。有人评论"林海音是台湾文学的播种者、培植者，也是一道阳光"。此言并非过誉，确实有许多动人的故事。本土作家钟理和命途坎坷，贫病交加，他的绝大部分作品都是林海音编发的，她着意栽培他。不料，钟理和突然病故。林海音闻讯后，挥泪赶写《悼钟理和先生》介绍其苦难的一生，发表在次日的报纸上，不期收到众多的读者的悼文和捐款。林海音不分昼夜地为钟理和编书、联系印刷厂、请人设计封面。借款印书，赶在钟理和百日祭时放在供桌上，了却心愿。后来，电影界根据钟理和的人生遭际改编成电影《原乡人》，由名演员秦汉、林凤娇主演，风靡一时，使全社会认识了钟理和。为纪念这位杰出的台湾本土作家，林海音出面并主持在钟的家乡美浓建立"钟理和纪念馆"。这是台湾第一个作家纪念馆。林海音不仅出钱、出力，为丰富馆藏，她还把当年办《纯文学月刊》时珍藏的海内外一百六十六位作家二百四十二篇手稿捐给纪念馆。令人难以置信的是，他们之间，只有信件交往，却从未谋过面！君子之交淡如水。

一九八四年，《香港文学》采访林海音，记者提到是她提携了黄春明、钟理和等作家时，林海音说："不能说是我提拔了他们，这未免太过分了。""既然许多作家这么表示，我多少能使他们走上文学道路，我也很高兴。"谦逊、平实得令人咋舌。青年作家黄春明的作品,时常"玩火",他的《把瓶子升上去》,写学校升旗被升上两只空酒瓶,随风叮当响。这种苦闷的象征,内涵太丰了,很容易惹祸。林海音觉得这篇作品有新意,考虑再三还是采用了,以致产生后怕,发出"稿子一发排,回家就睡不着觉"的感叹。

在如履薄冰的文学航道上,林海音终于难逃"翻船"的厄运。那是一九六三年震惊台湾文坛的"船长事件"。是年四月二十三日,林海音在"联副"版上发了一首名叫《故事》的小诗。叙述了一位船长漂流到一座小岛,被岛上的美女吸引,而流连忘返。当局见之,龙颜大怒,认为这是"影射'总统'愚昧无知"。面对汹汹来势,林海音怕牵累报社及他人,面对来者,她立即表示引咎辞职,砸了端了十年的饭碗,这才避免一场祸及他人的灾难。而作者风迟(被认为是"讽刺"的谐音)被当局判为"叛乱嫌疑"罪,蹲了三年大牢。风迟觉得对不起林海音,深怀"百身莫赎"之恨;而林海音本人把此事看得很淡:"这种事遇上了就算遇上了。"因此钟肇政说"林海音是个自由派","她不搞政治挂帅","不管白色恐怖","因为她认为自己是很纯洁的,很纯正的"。

林海音在文学上有自己的追求。面对通俗低级,充满色情暴力的读物充斥坊间,而真正的文学园地却一片荒芜时,她坐不住了。时已年过半百的她,与丈夫何凡及友人不计风险和利弊,毅然创办了《纯文学月刊》,为台湾的纯文学发展鸣锣开道。所谓的编辑部,就设在自家加盖的一间小木屋内。为表诚意,她亲笔一一给梁实秋、余光中和海外的夏志清、於梨华等名家写信,一边自己跑纸厂、印刷厂、编稿。三个人三条枪,三个月内把一本风格清新、高品位的杂志奉献给读者。那时,台湾对二三十年代作品控制出版,几乎绝迹,读者见不到。《纯文学月刊》除了发表浓厚文学味的原创作品外,还辟专栏大胆引介三十年代的作家和作品,传承"五四",弥补当代读者对现代文学脱节的不正常现象。"那时气氛有异,我是硬着胆子找材料发排。'管'我们的地方,瞪眼每期都看着。"林海音没有消极地接受"翻船"(船长事件)的教训,但她学乖了,"技巧"也越发高明。每刊一篇旧文,请相关的著名作家写评介同时推出。为刊凌叔华的《绣枕》,她请凌叔华的老友苏雪林写《凌叔华其人其事》,为发老舍的《月牙儿》,她请梁实秋写《忆老舍》;为发周作人的《鸟啼》,她请洪炎秋写《我所认识的周作人》……此举使沉闷的台湾文坛顿时活跃起来。王拓当时刚刚在文坛崭露头角,他的小说《吊人树》,由于主题太敏感,屡投屡退。最后投到林海音门下,林海音竟然冒天下之大不韪,将其发表,受到一致的好评。林海音"浴血奋战"了四年,杂志销路却始终打不开,期期赔本。不得已,于四年后停刊。然而,林海音不死心,稍稍调整身心后,她专心投入经营纯文学出版社,为纯文学作家开辟一块绿洲。

一九九五年,林海音七十七岁,何凡八十五岁。四个儿女全在海外。她已无力继续经营出版社了。当时有人建议,把这块金字招牌转让、出售。林海音顾虑续办者难以坚持原来风格,不一定能善终,毅然决定停业。她把库存的二十万册图书全部捐给图书馆、学校。把所有作品的版权全部归还作者。凡库内有少量存书的,全部送作者。有的作者过意不去,坚持要买。她坚决不肯,"出版社结束了,不是营业,只送不卖。"善始又善终,为纯文学出版社画上了一个圆满的句号。

　　林海音是个"比北平人还要北平"的老北京。一口京片儿。她深切地眷恋她的第二故乡北京。她非但自己把纯文学出版社的全套样书捐给北京现代文学馆,还动员其他兄弟出版社也捐,大大地丰富了现代文学馆馆藏。此外,她又提议并牵头,在大陆出版《台湾著名作家代表作大系》,为海峡两岸文化交流来回奔波,乐此不疲。

　　林海音的著作中有一本名曰《生活者·林海音》,她是以生活者为荣。生活者,北京话过日子的人。对外,她是女强人形象;对内,她是贤妻良母。早年学缝纫,打毛衣,学书法,学画画,学电子琴,学开车……她爱何凡,自己病了,要住院,她第一个反应是何凡怎么办。有些话,她想与母亲说,要给母亲打电话,一拿起话机才醒悟母亲过世多年了。刚到台湾时,家境不好,女儿裤子破了,她在洞上缝上小动物图案,惹得邻居孩子们眼红……

　　社务家事,亲朋故旧的事太多,难免有烦的时候,一烦她就给朋友打电话:"实在受不了了,玩两圈吧。"一声令下,牌友蜂至,连不喜欢打的也来看热闹,自动侍奉茶水。她打麻将,不会算计,十打九输。有朋友给她取了外号"林大输"。要是某日手气好,赢了钱,就会说:"今儿打折,给一半算了。"她喜欢照相,爱给朋友们照,照完立即就洗,分送大家。她不乏幽默,在何凡与儿子合影背后题字是:"凡夫俗子。"作家罗兰与她比邻而居,两人在后阳台上时而见面,因楼层不一,一个要低头,一个要抬头。有一年过年,罗兰把一张"恭贺新禧"字幅贴在后阳台上,打电话叫林海音去看,说:"我给你拜年啦!"林海音一看十分高兴,隔一会儿打电话给罗兰:"罗兰,你也出来看啊!"罗兰抬头一瞥,林海音写了"抬头见喜"四个字贴在墙上。

林海音像经营出版社一样,精心用心去经营友情。世界各地作家常来此聚会。改革开放后,大陆许多作家都去过。海内外客人留言虽是吉光片羽,但韵味悠长:

"字字珠玑自生光,深情至性入文章。信手拈来皆佳作,不拘一格尽流芳。"

"这是台北最有人情味的地方。"

"好像到了夏府,才回到台湾,向文坛报到。"

"闹中取静,安稳清吉,岁月悠悠,亦大隐之趣。"

"新房、新家、新气象;好吃、好谈、好朋友。"

"千仞洒来寒碎玉,一泓深去碧涵天。"

"海音先生,您拿起相机是记者的本色;您整理书信、照片,是一流的编辑能力;您亲切自然地接待宾客,是上等的公关;您的生活,便是一篇又一篇的散文佳作了。"

"这是我们一生乐观奋斗的最佳酬报。"面对朋友们的友情,林海音如是说。

林海音,台湾文学的一道阳光。